小学館文庫

ゴールドサンセット

白尾 悠

小学館

目次

第一幕

今日　ひろった光

上村琴音《うえむらことね》はあの日から毎日、〝この世界から消えるべき理由〟を数えてきた。
――野球部の男子たちが「絶対キスしたくない女ランキング」を作ってた
――数年内にまた新型ウィルス禍と大地震が起きると予測されてる
――母の再就職先がまだ見つからない
――貧乏な子は大人になってもずっと貧乏な確率が高いんだって
――このままじゃ第一志望の高校は厳しいけど塾にも行けない
――この国は琴音たちが大人になる頃破産するとかしないとか
――知らないおじさんにぶつかられて舌打ちされた
――またどこかの政治家がセクハラとパワハラで謝罪
――担任が二十代の元教え子と不倫中らしい

――隣室の老人はいつ行き合っても機嫌が悪い
――毎日どこかのSNSで誰かが燃えてる
――あの子のクラスでは今日も楽しそうな笑いが絶えない
一日に少なくとも十個くらいは出てくるから、とっくに二百個は超えている。
一方で〝ここに留《とど》まるべき理由〟は突き詰めると本当にわずかで、母が悲しむだろうということ以外は、大好きな苺《いちご》大福とアプリで連載されている無料漫画の続きが気になるくらいだった。
真面目《まじめ》に勉強すること、嘘《うそ》をつかないこと、他人に優しくすること、努力を怠らないこと。
琴音たち子供にそう教える大人たちが作ったこの世界はひどく汚くて嘘や悪口で溢《あふ》れていて、ずっと前から終わってる。なのに大人はそれを見ないふりして、自分たちが完璧に矛盾していることを棚上げしている。大人なんて所詮自分たちのことしか考えていないエゴイストなのだ。嫌なことを先送りして、ぜんぶこの先大人になる子供たちに押し付ける気満々のくせに、さも子供より偉そうに振る舞う大人って、思ってるよりずっと馬鹿なのじゃないだろうか。きっと子供の頃はみんな琴音のようにこの世界から消えるべき理由を持っていたのに、大人になるまでのうのうと生きている時点で、どれだけいい加減かがわかる。

でも汚い世界に育つ子供も基本的に汚くなるわけで。琴音は自分も含めた子供たちが純粋無垢《むく》とはぜんぜん思わない。先生や親たちの言う通りのいい子になったら皆に利用されて潰されて、損をする。みんなズルをして嘘をついて誰かを叩《たた》き落とさないと、自分が落ちてしまうから、子供も大人の真似《まね》をしてどんどん汚くなるしかない。琴音もまた汚れた子供の一人だ——この世界から消えるべき理由ナンバー二〇一。

そして今日もまた一つ、理由が増える。

あの老人のコートのポケットから草緑色の小銭入れがぽろっと落ちたとき、琴音は一瞬、見えない誰か——神様とか悪魔とか、あるいはあの子——に試されているのかと思った。家から公園へ来るまでずっと右のポケットの中で握りしめ、琴音の体温の移った硬い金属が、急に大きく、冷たくなったような気がした。

すぐに「落としましたよ」と声をかけるつもりだった。できなかったのは、老人の見た目が怪しすぎたのと、彼がいきなり走り出したからだ。

仙人みたいに肩下まで伸びた白髪《しらが》と長く白い髭《ひげ》はボサボサで、くるぶし丈の古そうな灰色のコートの下は、この寒いのに裸足《はだし》につっかけサンダルだった。そんな老人がいきなり全速力で走り出したのだ。驚いた通行人は次々に飛び退《の》き、そこかしこで小さな悲鳴が上がった。呆気《あっけ》に取られた琴音は拾った小銭入れを手にしたまま、その場を動けなかった。老人は道のずっと先を歩いていた家族連れの元へと、真っ直ぐに向かっていった。

彼らに追いつくと、老人は真ん中を歩いていた小柄なおばあさんの肩を勢いよく摑《つか》み、何か叫んだ。驚いたおばあさんは、振り向いた拍子に体のバランスを崩し、危うく転びそうになる。傍《かたわ》らを歩いていた中年女性が皆を庇《かば》うように飛び出すと、一緒にいた三人の子供のうち、一番小さい子がわっと泣き出し——公園のその一角だけ、異様な緊張感に包まれたのが、琴音のいる場所からもわかった。あんな格好の老人にいきなり話しかけられたら、誰だって怖い。やがて老人は両手を上げ、謝っているのか深く腰を折り曲げる。見るからにがっかりしてその場で崩れ落ちそうに見える。しばらくぐずぐずと止まっていたかと思うと、中年女性が声を荒らげたようだった。老人は彼女に睨《にら》まれながら、パッと踵《きびす》を返すと、再びこちらへ向かって走ってきた。

老人が長い白髪と髭を振り乱して通行人を押し退けてくる様は、ほとんど妖怪《ようかい》じみていた。そんな怪談を前に聞いた気がする。妖怪にぶつかられそうになった女の人の鋭い悲鳴が響き、たまたまそこへ通りかかったおじさんが乗っている自転車ごと倒れそうになる。琴音もよほど走って逃げようかと思った。

「落としましたよ」と小銭入れを差し出す勇気なんてもちろんなくて、ぐずぐずとためらっている間に、老人は琴音の目と鼻の先を走り抜けていく。一瞬だったけれど、目が真っ赤に充血して泣いているのが見えた。

（うそ……）

驚いたことに、琴音はその顔に見覚えがあった。髪型も髭もいつもと違うし、一見やたら彫りが深く見えるけれど、アパートの隣室に住む老人によく似ていたのだ。

三年ちょっと前に琴音と母が暮らす部屋の隣に越してきた阿久津《あくつ》という名の老人は、無愛想でいかにも偏屈な人だった。大家さんから「孤独死が怖いから、隣のよしみで気を付けてあげて欲しい」と頼まれた母は、折々にたくさん作ったおかずや、ひと山で安く買った果物なんかをお裾分けしたが、阿久津老人が琴音たち母娘《おやこ》に打ち解けることはまったくなかった。それでも最初の頃は琴音も顔を合わせるたびに「おはようございます」「こんにちは」「こんばんは」とできるだけ丁寧《ていねい》に挨拶をしていたが、向こうからは口をへの字に曲げたさも嫌そうな顔で「ああ」とか「うむ」しか返ってこないので、いつしか会釈だけで済ませるようになった。

偏屈以上に困ったのが、騒音だった。阿久津老人が引っ越してきてからしばらくの間、隣の部屋からは時間を問わずドスドスと激しく動く音や、甲高い笑い声や泣き声、延々と続く独り言なんかがしょっちゅう聞こえてきた。

「少し認知症が始まってるのかもしれないね。歳を取ると、いろんなことを忘れたり、昔と今の区別がつかなくなったり、妄想が現実に思えたりしてしまうことがあるの」

ちょうどその頃、隣県に一人で暮らす祖母が認知症を発症したこともあり、母は老人にも同情的だった。琴音は一人で留守番しているときなどは、うるさい以上に気味が悪かったのだが、我慢して耐えた。でも祖母と違い、阿久津老人のところには家族やヘルパーさんや地域の相談員が出入りしている様子はなく、どうやって一人で暮らせているのか不思議だった。

そのうちに老人の部屋を挟んで反対側の隣室に住む女の人や下の階に住む男の人が抗議したらしく、いつからか騒音は止まったが、琴音はますます老人を避けるようになった。母も祖母の介護が目に見えて大変になり、そこへあの新型ウイルス禍が起きた。他人との不要不急の接触はできる限り避けることが推奨されたし、母自身も給料をカットされた挙句に解雇されたりと、隣の老人を気にかける余裕はまったくなくなった。

あれは本当に隣の偏屈老人なのか。なぜあんな妙な変装をしているのか。

落とし物がお金なだけに琴音はそのまま立ち去ることもできず、仕方なく老人を追いかけた。

広大な広場の手前、公園で一番人通りの多い並木道の真ん中で、老人は突然足を止め、地べたに腰を下ろす。よく見れば、長いコートの中は上下共にベージュ色の下着のようだ。遠目には一瞬裸に見えてギョッとする。琴音が五メートルほどの距離をとって様子をうかがっていると、老人はいきなり通りかかる人たちに向かい、

「くたばれ！　死ね！　破滅しろ！」などと叫び始めた。突然怒鳴られた気の毒な通行人たちはあからさまに彼を避けたり、慌てて方向転換したり。瞬く間に、老人の周りに透明バリアでもあるかのように、そこだけがぽっかりと空洞になった。

（この声、やっぱり）

途端、琴音は疲労感と怒りに頭のてっぺんから指の先まで力を吸い取られたような気分になる。なぜ自分ばかりがこんなややこしい目にあわなければならないのか。琴音は日々真面目な中学生としてきちんと生きているのに、あまりにも理不尽だった。

（じゃあなんであんたは毎回ややこしいものを拾うの？）

ぶつける相手のない文句の矛先は、すぐに自分自身へ向かってくる。

お金がないと困るだろうと思ったから――（このお人好《ひとよ》し、偽善者）

見て見ぬふりすれば罪悪感が――（スルースキル低すぎ、バッカみたい）

臆病な琴音と冷徹な琴音が頭の中でせめぎ合う。その間も老人は、

「禿《は》げ鷹《たか》め、汚らわしい！」

「失せろ、ちんぴら！　目障りだ！」

　などと、長い白髪頭を振り乱しながら叫んでいる。老人は充血した目で通行人たちの顔をキョロキョロ見回し、その様子は琴音にむかし小学校で飼っていた臆病なうさぎを思い出させた。思えば長く白い毛の先が黄ばんでいるところなんかも似ている。ぜんぜん可愛くはないけど。

「おい！　誰か俺を知っている者はいないのか？」

　祖母は去年施設で会ったときには母や琴音が誰だかわからないばかりか、大切な指輪を盗んだのはお前だろう、と突然責め立ててきた。祖母のあんな意地悪な顔は、これまで一度も見たことがなかった。小さな頃には遊びに行くたびにとびきり美味《おい》しい蓬餅《よもぎもち》やおはぎをたくさん作ってくれたり、寝入るまで乾いた手でさらさらと額を撫《な》でてくれたりするような人だったから、なおさら琴音のショックは大きかった。

　新型ウィルス禍で緊急事態宣言が出ていた間、母は祖母の元へ行く頻度を減らさざるを得なくて、琴音の目にはどこかホッとしているようにも見えた。

（なんでこんなになっても生き続けなきゃいけないんだろう）

　何度となく祖母に対して抱いた後ろ暗い疑問。目の前の老人に同じ問いを抱かないではいられない。琴音より何十倍もの〝この世界から消えるべき理由〟がありそうなのに、認知症になるとすべて忘れてしまうのか。それでも死にたくないものなのか。自分で死にたくてもできなくなってしまうのだろうか。

琴音の中で、理不尽への怒りが老人への憐《あわ》れみで薄まっていく。ポケットから取り出したがま口型の小銭入れは、改めて見ると生地の緑色がすっかり色褪《いろあ》せ、ところどころ糸がほつれている。まるで持ち主そのものみたいにみすぼらしかった。

「ご主人様の下男めが！　駄犬！　下衆《げす》下郎！　野良犬！」

気が付けば、老人の悪態は通行人ばかりか犬にまで及んでいる。罵られたポメラニアンが甲高い声で吠《ほ》え、飼い主の中年カップルが顔をしかめて通り過ぎる。

――誰か警察呼ばないかな

――公園の管理室じゃないの？

――子供の迷子じゃあるまいし

――同じようなもんでしょう

周囲の大人たちは老人を遠巻きにして、あるいは通り過ぎ様に、適当なことを囁《ささや》き合っている。「ヤバいね」などと好奇心で目を輝かせ、歩きながらすごい速さでスマホに何か打ち込んでいる人もいる。「発見！　無敵の人」なんて言葉がＳＮＳの中を踊り回る様が見えるようだった。彼のことを本気で心配している人なんか誰もいない。できれば関わりたくない、それか、ありふれた日曜にちょっとだけ興奮をもたらすネタ、くらいに思っているのだろう。そして十分後にはすべてをすっかり忘れ去るのだ。つくづく大人も中学生と変わらないと思う。

「おじいちゃんだいじょうぶ？　どこから来たの？」

琴音の諦念に反して、ジョギング姿の体格のいい中年女性が、そっと老人の元へ進み出た。子供をあやすような優しい声音には、こういう状況に慣れていそうな、ある種の自信がうかがえる。琴音の母のように、家族を介護している人かもしれない。

彼女をゆっくりと見上げる老人の額には、振り乱したあとの髪がひと房、横一文字に張り付いて、むかし流行《はや》ったという〝変なおじさん〟みたいだ。老人はぐわっと大きく目を見開いたかと思うと、勢いよく立ち上がった。

「毒の霧に巻かれ疫病に取りつかれろ！　父の呪いの刃《やいば》を浴び、貴様の五感なぞ傷だらけになって血を流せ！」

耳を塞《ふさ》ぎたくなるほどの大声に、ひゃっと女性が飛び退く。もう誰かが取り押さえないと危ない――きっと見ていた誰もがそう思った。

そのとき、

「ほらやっぱり！　リア王の台詞《せりふ》だよ。なんか変な口調だと思ったら」

琴音の斜め前に立っていた大学生くらいの、ピンク色のモコモコしたコートを着た女の人が、隣の金髪に黒いニット帽を被《かぶ》った男の人に嬉《うれ》しそうに言った。

「懐かしいなぁ、高二の文化祭公演」

「リア王って、『生きるべきか死ぬべきか』ってやつだっけ？」

金髪が尋ねると、彼女は呆《あき》れたように「それは『ハムレット』でしょー」と高い声で笑った。

「リア王は娘たちに裏切られて、最後に狂って死んじゃう王様の話。一人だけ優しかった三番目の娘も姉たちの仲間に殺されちゃうの」

「なんなん、その鬱展開」

二人の会話に、琴音だけでなく周りじゅうの人たちが聞き耳を立てるのがわかった。その間も老人はわけのわからない、時代劇みたいな言葉を周囲に喚《わめ》き散らし続けている。

——あ、あれじゃない？

誰からともなく、広場の入り口脇に立つ街路灯のフラッグに視線を向ける。そこには濃紺の地の中央に『リア王』という金色の文字と、馬とライオンに挟まれた、青や赤が鮮やかな紋章のイラストが描かれている。同じデザインのポスターが公園内のところどころに掲げられているのを、琴音も見かけていた。県の芸術文化センターで上演される演劇のものだったはずだ。

——お芝居の宣伝じゃないかって

——じゃあこのひと俳優？

──なーんだ徘徊老人かと思った
声をかけた中年女性は「人騒がせねぇ」とぷりぷり怒って行ってしまう。老人を避けていた通行人たちの緊張も少し緩み、遠巻きにしつつ立ち止まったり、スマホで録画を始める人までいる。琴音は判断がつかず、ボロボロの小銭入れを握りしめたまま、老人を凝視する。

「それ『リア王』ですよね、私も演劇部でやりました。俳優さんなんですか？」

先ほどのモコモコと金髪の男女から話しかけられ、老人は再び声を張り上げた。

「ここにいるのはリアではない！」

「あ、まだ続いてるんだ」

「リアがこんな歩き方をするか？　こんな喋《しゃべ》り方をするか？　リアの目はどこだ？　頭が弱くなったのか、分別が眠りこけたか──なに！　目覚めている？　そんなことはない。誰か教えてくれ、俺は誰だ？」

「えっとえーっと……『リアの影だ』！」

モコモコが答えると、金髪が「わー迫真の演技～」と手を叩いた。

周りにいた数人からもパラパラと拍手が上がる。まだ判断がつかない琴音の目の前で、「ホーラおじいさん上手《じょうず》だねぇ」と父親に抱きかかえられた二、三歳くらいの幼児が老人の元まで近付き、と、五百円玉をその手に渡した。

「どーじょっ」

老人は戸惑ったように五百円玉と幼児の顔を見比べると、ぎこちなく頭を下げた。

さっきより少しだけ拍手が増える。小さな人垣からは、興味を失った見物客たちが、一人、また一人と公園の風景の中へと戻っていく。老人に集まっていた周囲一帯の注目も不安も、瞬く間に薄れるのがわかった。琴音は恐る恐る距離を詰める。

「あの、これ」

「この扉を打ち壊せ。こいつが愚かしさを引き入れ、大切な分別を追い出してしまった!」

琴音が意を決して口を開いたのと、老人が自分の頭を叩きながら呟《つぶや》くのは同時だった。

声を張っている様子はないのに、不思議と一語一語がはっきり聞こえた。空を仰ぐ老人の右目から、続いて左目から、細い涙の筋が落ち、顔の下半分を覆う白い髭の中へ消えていく。

小銭入れを差し出した手が、すっかり行き場を失った。

目の前の老人は俳優なのか、認知症なのか。大人の、まして老人の涙なんて間近で見たことのない琴音には、見分けがつかない。

（どっちだって関係ない）

〝冷静な琴音〟に押され、小銭入れを老人の前に放り、この場からさっさと立ち去ることを想像する。でも現実には、体は一向に動かなかった。

またあの子のときのように、何かのしるしを見逃していたら？

誰か一人でも関われば運命が変わったかもしれない分岐点で、その〝一人〟に、望んでもいないのに選ばれてしまっていたら？

老人は静かに泣いている。漠然とした不安が琴音の中でどんどん膨れ、形を取り始める。ここから消えたい。でも罪悪感が怖い。世界はなんて理不尽なんだろう。

老人は広場の周りを囲む遊歩道をずんずん進んでいく。と思えばいきなりトイレ脇の小道へ外れたり、小高い丘のようになった一角を突っ切ったりするから、一定の距離を保ちながらあとを尾《つ》ける琴音は片時も目が離せない。

いつの間にか保護林の立ち入り禁止エリアを迂回《うかい》し、多くのランナーが行き交う公園の外周まで出てきた。公園の脇にある県の芸術文化センターとはまるで逆方向だ。決まりでもあるのか、日曜ランナーたちは皆一様に同じ方向へ走っている。彼らの迷惑そうな視線をものともせず、老人は流れに逆らい、堂々と道の真ん中を歩いていく。その先は琴音もほとんど行ったことがない、住宅地の間を抜ける緑道のはずだ。

　琴音の家からも、当初公園を訪れた目的からも、ずいぶん遠く離れてしまった。

琴音は左ポケットの底の、小銭入れのごわごわした布の感触と、右ポケットの中のシャラリと音を立てる金属の表面を、それぞれ指で確かめる。

　公園内と打って変わり、緑道にはほとんど人がいなかった。ここはむかし小さな川があった場所で、左右を囲む家々は少し高いところに建っている。ほとんどの家は緑道に背を向けていて、一層静けさが深い。真上から差す陽《ひ》が常緑の樹木の葉を透かし、一帯の空気まで緑がかって見える。琴音は母に昼食までには帰ると言って家を出てきたのだが、正午はとうに過ぎていた。

「何者だ？」

　琴音は最初、それが自分に向けられた問いだとわからなかった。老人がまた誰へともなく何か悪口を叫んだのかと思った。

　前を向いたまま老人がもう一度同じ言葉を繰り返すと、緑道に面したマンションのコンクリート壁に低い声がこだました。木々の葉までざわりと緊張した気がする。

「あの、小銭入れを」

「お前は何者だ、と聞いている」

「う、うえむら、ことね」

ピシャリと尋ねられ、琴音は思わずフルネームを名乗ってしまった。〝何者か〟なんて聞かれたことがないから答え方がわからない。老人はようやく琴音の方を振り返る。

「ひいらぎコーポの隣の、上村です。さっき公園で、これ拾って」

小銭入れを差し出しながら、今にもさっきのおばさんのように怒鳴られるかと、心臓がバクバクと高鳴る。どういう原理なのか、お腹《なか》までぐうと鳴ってしまった。朝もあまり食べなかったのにたくさん歩いたせいだ。恥ずかしくて首から上に熱が集まる。

老人は琴音の手の中の小銭入れを凝視したかと思うと、またぼろりと涙をこぼした。隠す間もなかったようで、驚いた琴音の視線を避けるように慌てて顔を背ける。気まずい沈黙が落ちた。琴音は差し出したままの自分の右手を見つめることしかできない。耳のすぐ傍《そば》で風が鳴る。

「俺も腹が減ったところだ。付いてこい」

老人は怒ったように言うと、小銭入れを受け取ることなく、また踵を返して歩き出した。

「え」

「これも入れておけ」

老人は背中越しに、先ほど幼児に渡されたものらしい五百円玉を琴音の方へ放った。いきなりうまくキャッチできるはずもなく、下草の中へ転がったのを慌てて追いかける。追いかけながら、琴音はなぜ自分が追いかけねばならないのか、と我に返る。その間にも、老人はずんずん緑道を出て、大通りの方向へ曲がってしまう。

「待って！」

小銭入れを開くと、中にはくしゃっと無造作に折られた千円札が二枚、小銭が数枚入っていた。

緑道を抜けた先の、この辺りで一番車通りの激しい国道沿いにはぽつぽつとラーメン店や接骨院、クリーニング店などが並んでいるが、人通りはあまりない。迷いなく老人はひときわ間口の狭い木造の店の前に立ち、通りに面したカウンターの向こうの店員に「二つ貰《もら》おう」などとのんきに注文している。しかも商品を受け取るやいなや、さっさとこちらへ戻ってきた。

「ちょっと！　お会計！」

店員の男性がカウンターから乗り出して咎《とが》めると、老人は琴音の傍を通り過ぎながら「この子が払う！」と、振り向きもせずに答えた。

琴音は慌てて小銭入れを取り出して駆け寄る。アルファベットで書かれた控えめな看板によると、そこはテイクアウト専門のおやき店のようだった。

「おじいさん？　大変だね」

琴音が支払いを済ませると、茶色のエプロンと揃《そろ》いの三角巾を被った店員は気の毒そうに、売り物の小さなお茶のペットボトルを付けてくれた。「たまに喉を詰まらせるご老人がいるから、気を付けて」

「……ありがとうございます」

否定するのも面倒で、一層うんざりする。

琴音の亡くなった祖父は、口数は少ないが優しくてどっしりとして、近所でも頼りにされた人だったという。離婚した父方の祖父も、数えるほどしか会ったことはないが、たぶんもっとまともな人だ。

緑道に戻った老人はベンチに座った途端、もしゃもしゃと買ったおやきを食べ始める。追いついた琴音がお茶を渡すと、「褒美だ、取っておけ」と、袋からもう一個取り出した。とことん上から目線なのがムカつく。

普段の琴音であれば、こんな怪しいジジイから食べ物を貰うなどあり得なかったが、拒むにはお腹が空きすぎていた。遠慮なく受け取り、ベンチのできるだけ端に腰を下ろす。二重に巻かれたラップを解くとほんのり湯気が立ち、たまらずかじり付いた。野沢菜と挽肉《ひきにく》を混ぜた熱々の餡《あん》がぎっしり詰まっていて、びっくりするほど美味しい。

「あんたの母さんが前にくれた切り干し大根の煮物、あれを入れても美味《うま》い」

母がよく作り置きしているおかずだ。お裾分けしても、老人はいつもにこりともしなかったが、一応喜んでいたらしい。

おやきがあたたかいうちにすっかりお腹に収めると、ムカムカしていた気持ちは少しだけ収まった。改めて隣に座る老人に意識を向ける。彼が引っ越してきてから三年、こんな長く一緒にいるのは初めてだ。

「本当に『リア王』の俳優なんですか？」

「そうだ、髪の毛の先まで王だ。俺が睨めば、見ろ、家来どもは震え上がる」

お茶をぐいと飲みながら老人が顎で示した先には、片目の塗装が半分禿げたパンダの人形があった。胴体部分にバネが付いた、子供用の遊具だ。

「あれはパンダの人形です」

「畜生でも職権があれば、人間を従わせることができる。王の家来になってもおかしくなかろう」

老人が大声ではっはっはーと笑ったので、琴音はびっくりして思わず腰を浮かしそうになった。

やっぱり、このジジイは――。

しかしその横顔を盗み見れば、涙の筋が頬にくっきりと残っていて、それは茶色い塗料が剝《は》げたからだとわかる。顔の他の部分より暗い色を塗ることで、頰が瘦《こ》けたように見せているのだ。額や目の下の皺《しわ》も、本物の上に重ねて描かれたメイクだった。

「さっき泣いてたのは、お芝居ですか？」

「──老いぼれた愚かな目よ、もう一度でも泣いてみろ、お前をえぐり出し、無駄に流した涙ごと大地に叩きつけてやる……」

またわけのわからないことを言い始めた。

老人は黙り込むと、虚《うつ》ろな目で空を見上げる。琴音も釣られて上を見る。裸の桜の枝の間から、破片のように割れた薄い青空が覗《のぞ》いている。春になれば、この桜の庇《ひさし》を持つベンチはきっと人気スポットになるのだろう。隣で老人が大きく息を吐く音が、少し震えて聞こえた。

「……芝居か否か、そんな質問は無意味だ。この世はすべて舞台。男も女も、子供も大人も、役者に過ぎない」

「意味わかんないです」

「今どきの中学生はシェイクスピアも知らないのか」

「今どきの老人だって知らないことといっぱいありますよね」

言いながら、本当は琴音にも少しだけわかるような気がした。

琴音も学校では目立たず周囲に溶け込めるようなキャラクターを作ってきた。一〇〇パーセント素のままで振る舞って許されるのは赤ちゃんとひと握りの人間だけだ。生徒も、先生でさえも、きっと何かを演じている。

「あんたの役は、さしずめ道化だな」

「ドウケってなんですか？」

「ピエロだ、正真正銘の阿呆《あほ》のことだ」

「このクソジ……！」

怒りのあまり、気が付いたら立ち上がっていた。沸騰した血で一気に頭がぱんぱんになる。

「こっちは心配して、こんなとこまで追いかけて、落とし物だって届けてあげたのに!!」

「俺の何が心配なんだ？」

奇行に、認知症に、涙に……、理由がありすぎてあり余る。でも何よりも――。いいしるしを見逃してしまったら？　誰か一人でも関われば運命が変わったかもしれない分岐点の、その〝一人〟が自分だったら？

言葉に詰まった琴音を老人は面白そうに見上げ、変な節を付けて変な歌を歌い出した。

〝阿呆はぐずぐず一緒に残り、利口なやつは逃げていく。

逃げる悪党は阿呆になるが、阿呆は断じて悪党にゃならぬ……

意味はよくわからないが、ちゃかされているニュアンスは伝わってくる。もうこんなクソジジイがどうなろうと、知らない。

「これ、返しましたから！」

琴音は小銭入れをポケットから引っ張り出してそのままジジイの方へ放る。

途端、口金に引っかかった金属がシャラン、と一緒に飛び出た。

右と左、ポケットを分けて入れておいたはずなのに――いつの間にか同じところに入れてしまったのだと琴音が気付いたときには、もう遅かった。ジジイは灰色のコートに覆われた膝に落ちたそれを、珍しそうにつまみ上げる。

「なんだ高そうな代物だな。本物の宝石か？」

金のハート形の表面にあしらわれたカラフルな石たちが、一斉に冬の陽を反射し、琴音の瞳を射抜く。

「返して！」

「これも誰かの落とし物か？　あんたはこの世の落とし物係か何かか？」

「早く返してよ！」

あの広大な公園のどこかに、さり気なく置いて帰るつもりだった。誰にも見られないようにして、でも誰かが見つける確率が高い場所に。

どうしようどうしよう。私が持っていたことをもうこの人に知られてしまった。もしも学校の皆にも知られたら――。

すぐに自分のものだと言えばよかったのに、琴音には小さな嘘をつく余裕もなかった。からかうような笑みを浮かべていたジジイも、琴音の剣幕にたじろいだ様子でチャームを投げ返してくる。

「さっさと落とし主に返してやるがいい」

金のハートが琴音のダウンコートのファスナーにカツンと当たり、スニーカーの爪先に落ちる。同時に、琴音の中で張り詰めていたものが、呆気なく割れる音がする。

「もう返せないんだよ！」

誤魔化しや打算や偽善や、一見つるつると清潔なようで、よく見れば薄汚れたものたちが噴き出して、視界を灰色に染める。過去の時間は絶対に変わらないのだと、琴音に突き付けるように。

三週間前に、同じ中学に通う久保《くぼ》田花《たはな》が自殺した。

琴音にとっては本当にただ同じ学年というだけで、クラスも部活も違う子だった。

話したのは入学して間もない一年生の頃にたった一度きり、同じ美化委員会のメンバーを隣の教室に訪ねたら、その子が久保田と机を突き合わせて話していたのだ。第一印象は輪郭が丸っこくておとなしそうな、ごく普通の女の子。ただ一つ目立っていたのは、彼女が通学バッグに付けていた、中学生にしてはずいぶん大人っぽいチャームだった。

「それすごく可愛いね」

「従姉妹《いとこ》のお姉ちゃんが入学祝いにくれたの」

思わず口をついて出た琴音の言葉に久保田は嬉しそうに笑った。

琴音と久保田の会話は本当にそれだけだった。

一年生の夏休み明けには、久保田がクラス中の女子から無視されている、と琴音のクラスにも伝わってきた。本人のいないところで女子からも男子からも〝豚鼻〟と呼ばれ、同級生たちのSNSや裏チャットでもその名が使われていた。よく書き込まれるそのあだ名が誰を指しているのか、琴音もしばらくわからなかった。ただ、自分だけが知らないところで屈辱的なあだ名と共に悪口を言われる絶望といたたまれなさは、身をもって知っていた。

琴音自身も小学五年のときに、陰で〝エロ村〟と嗤《わら》われていた時期があった。誰よりも背が高く、勉強もスポーツも得意だったから、表立って馬鹿にされたり暴力を受けたりすることはなかったが、彼らは裏で巧みに、そして執拗《しつよう》に、琴音の自尊心を砕いた。

陰口のきっかけは図工の先生の贔屓《ひいき》だった。琴音の作品はいつでも皆の前で手本として示され、時には「最優秀賞授与！」と綺麗《きれい》なポストカードやマグネットなど、ちょっとしたプレゼントを貰うことがあった。琴音は実際に絵が得意で、一年の頃から何度も地域のコンクールで入賞していたし、図工の時間も好きだったので、先生に特別褒められることにはあまり疑問を持っていなかった。クラスメイトたちに「上村さんだけ特別扱いだよね」と言われても、そこに不満の気配を感じ取ることもなく、少し得意になっていたくらいだった。

ある放課後、家が近所で登下校を共にしていた子が、そっとスマートフォンの画面を見せてくれた。当時琴音はスマホを持っておらず、同級生のSNSグループや裏チャットでどんな会話が交わされているのか、ほとんど見たことがなかった。

——今日もエロ村のパパ活絶好調～

——触られて超うれしそうマジキッッモ!!

——あいつらデキてると思うヒト手あげてー
そんな投稿のあとにはいくつもの笑顔と手の絵文字が並んでいた。チャットの終わりに投稿された、人気俳優との不倫で炎上したグラビアアイドルの水着写真に琴音の顔写真がいびつに合成された画像を見るに至り、琴音はうまく息が吸えなくなり、周囲の景色《けしき》から色や音が消えた。悪意そのものみたいな言葉で画面を埋め尽くしている子たちとは、さっきまで一緒に掃除をし、気さくにバイバイと言い合って、普通に仲良くしていると思っていた。

あとで知ったのだが、図工の先生は背が高かったり胸が大きかったり、発育のいい女子を贔屓することで一部では有名だったらしい。明らかに琴音の父親より年上の教師の、そうした贔屓の基準が何を意味するのか——頭ではなかなか理解することができなかった。ただ本能から、全身が鳥肌で覆われるような嫌悪を覚えた。

クラスでいち早く生理が始まったことも、母が慌ててブラジャーを買ってきたことも、ひどく恥ずかしく、汚らわしいこととして琴音の心に刻まれた。図工がある日はしばしば腹痛に見舞われるようになり、授業にも身が入らなかった。それでも陰口は定期的に書き込まれているようだった。

間もなく琴音は髪を短く切り、スカートを穿《は》くことをやめた。学校の外では何度か男の子に間違われたが、それはむしろ嬉しい出来事だった。〝女子〟であることから離れれば離れるほど、自分の身体が硬く厚い壁に囲まれていくようで、安心できた。

六年に進級すると件《くだん》の教師が他校に転任になり、ネットの投稿も収まった。だが琴音は同級生の、特に群れたがり、目立ちたがる傾向のあるグループとは距離を測って付き合うようになった。クラスの空気を作る彼らにとって見えない、あるいは無害な存在になるのがもっとも手っ取り早いと考えたのだ。何ごとも控えめに、かといって卑屈になりすぎず、隙を見せず――同級生にも学校生活にも期待すべきことは一つもなく、だから本当に好かれる必要も、溶け込む必要もないのだと気付いたとき、霧が晴れたように心が楽になった。すべては見せかけでいい、友達付き合いは計算だ。

こうして〝冷静な琴音〟を作り上げていった。新型ウイルス禍で林間学校がなくなったときも、卒業式が簡略化されたときも、クラスメイトや先生たちが悲しむ中、琴音は一人心の中で幸運を嚙《か》みしめた。

久保田へのいじめを知ったとき、真っ先に琴音の頭に浮かんだのは、憤りや同情ではなく、（いじめをするような邪悪なクズがうちのクラスにいなくてよかった）だった。琴音は中学に入学してからというもの、付き合う友達も部活も、あらゆる面で慎重に慎重を重ねて選択し、極力いじめから遠いところにいられるようにしてきたのだ。何がなんでも関わりたくなかった。

琴音は母のお下がりのスマホでクラスや学年のＳＮＳグループに参加はしても、最低限の情報収集と交換にとどめ、積極的な投稿や反応は控えていた。久保田の悪口を見かけても、そこで頻繁に交わされていた画像や動画ファイルのたぐいをわざわざ開いて見ることは決してしなかった。関わらないと決めた自分に課した、たった一つのルールだった。

二年生でクラス替えがあっても、久保田へのいじめはやまず、むしろひどくなっているようだった。琴音のいるA組は久保田がいるD組とは教室も一番遠く、合同体育も家庭科も別で、まったく接点がなかったが、折々にネットやリアルの場で噂《うわさ》は耳に入ってきた。

学校側もようやく事態に気が付いたのか、学年でD組だけ、いじめについてのアンケートが実施された。だがその結果D組の担任がしたことは、ホームルームを二回使っての〝友情〟に関する討論会だったという。いじめの中心と思われる女子はバドミントン部の次期キャプテン候補で、D組の担任はその顧問だった。琴音の合唱部と違い、バド部は部員と顧問があだ名で呼び合うほど近しい。たとえアンケートでいじめが報告されたところで、当の部員が否定すれば、顧問がどちらを信用するかは誰が見ても明らかだった。

あの日も今日みたいになんの変哲もない、いい天気だった。

透明度の低い、淡い水色の空には雲がほとんどなく、風が少し強くて、校庭から土埃《つちぼこり》が舞い上がっていた。日直で部活に遅れた琴音が一人渡り廊下を歩いていると、裏門に向かう久保田を見かけた。きっと人の多い正門を通りたくないのだろうな、と思った。彼女の正面から西日が真っ直ぐに差して、丸っこい輪郭が、後ろから見ると金の光に縁取られているみたいだった。

彼女が通り過ぎた地面に妙に光の残る一点があって、不思議に思いしばらく眺めていたら、例のチャームだと気付いた。ファッションに疎い琴音も、それが有名ブランドの人気アイテムだということを、そのときには知っていた。久保田は落としたことに一向に気付かないようで、琴音は仕方なく上履《うわば》きのまま中庭に出て、チャームを拾った。泥汚れを払い、顔を上げると、ちょうど裏門のところで久保田のクラスの女子三人が、彼女を囲むようにして歩き出すのが見えた。一見仲良しグループの待ち合わせのようだったが、久保田の背中が力を失っていくのが手に取るようにわかった。全身で逃げたい、と叫んでいるように。でも琴音は彼女たちに気付かれないように、反射的に体の向きを変えてしまった。

あのとき追いついて「これ落としたよ」と話しかけていたら。

先生が呼んでいるとかなんとか、適当な嘘であの場から久保田を連れ出していたら。

いくらあとで考えたところで、過去はびくとも動かない。

あのときも、それまでも、琴音はどんな形であれ関わりたくなかった。下手《へた》にお節介を焼いて、「関係ないくせにいい子ぶってる奴」認定もされたくなかった。とばっちりで「エロ村」が掘り返される可能性は、一ミリも残しておきたくなかった。

明日の朝練のついでに久保田の靴箱か机の中に入れておこう、そう決めると琴音はチャームを制服のポケットに仕舞った。

翌朝早く、琴音が出かける直前になって、学校から保護者宛の緊急メッセージが届いた。琴音はスマホの画面を見る母の顔がゆっくりと強張《こわば》るのを、玄関でローファーを履きながら見ていた。

「二年D組の子が亡くなったって……久保田花さんていう子、知ってる?」

琴音は咄嗟《とっさ》に言葉が出てこず、かろうじて首を振った。途端、制服のポケットに入れっぱなしにしていたチャームの金具がカチッと小さな音を立て、全身が他人のものになったみたいに、すべての感覚が消えた。

学校側からの連絡には「亡くなったときの詳しい状況は調査中」と書かれていたが、クラスのSNSグループではすぐに、〝自殺〟という言葉が躍った。

――久保田の家の前に救急車とパトカー来てた
――ご近所情報によると首つり
――誰か遺書あったか知ってる?

目まぐるしく投稿が行き交う中、琴音はスマホの画面を追い続けた。ずっと見るのを避けていた、〝豚鼻〟関連の画像や動画も、遡《さかのぼ》ってしらみ潰しに探した。誰かが削除する前に、すべて見なければ。説明のつかない焦燥が琴音をつき動かしていた。

写真や動画の中身は想像を超えるひどいものだった。撒《ま》き散らされた悪意が喉の奥まで入り込んでくるようで、琴音は知らず呼吸が浅くなった。久保田は誰からも、人として扱われていなかった。どうでもいいものとして、皆のオモチャにされていた。彼らの間で〝友情〟について話し合うなんて、馬鹿馬鹿しさを通り越して頭がおかしいとしか思えない。

（こんなひどいことをされても、誰も助けてくれないんだ）

貝殻に残る波の音みたいに、久保田が感じた絶望の小さな欠片《かけら》が、今になって琴音に届く。それは小学校の頃に琴音が抱いたものと、そっくりな手触りをしていた。

「大事な学友だった久保田さんを皆で追悼しましょう」

「友達が困っていたら声をかけよう、お互いを思いやろう」

「友達やお父さんお母さんに話しにくいときは、いつでも相談を」

校長や、担任や、スクールカウンセラーのどんな言葉も、琴音の上を素通りしていった。怒りすら覚えた。彼らは〝いじめ〟という言葉を巧みに避け、代わりに〝友達〟を連呼した。久保田が悩み苦しむのを楽しんで見ていた奴らにとって、久保田は〝友達〟というカテゴリーに入れようのない生き物だったのに。

――〝友達〟から排除された人は、死なないと〝友達〟になれないんですか？

もしも琴音が尋ねたら、先生はなんと答えるのだろう。

学校から「心当たりのある者は届け出るように」とチャームの写真入りのプリントを渡されると、生徒たちの間ではそれが行方不明であることと、いじめの主犯捜しが結び付けられるようになった。学校SNSで、先生や久保田の家族がチャームを捜しているのは、自殺した日に久保田をいじめた犯人捜しのためだ、と誰かが投稿すれば、チャームが盗まれたことがショックで久保田は自殺した、という話まで出てきた。琴音はあの日以来、チャームを机の鍵のかかるひきだしに仕舞ったままにしていた。

こんな馬鹿げたことがあっていいはずがない。琴音は久保田とひと言しか話したことがなく、ただ親切心からチャームを拾っただけなのだ。責められるべきクズは他にたくさんいるのに。まるであのとき声をかけなかった琴音まで責められているような——でも自分がまったくの無実なのか、琴音にはもうわからなかった。

もしも、あのとき。

久保田の運命がこのチャームによって動かなかったと、誰が断言できる？

家にいても常に意識はひきだしに向かい、眠る前に明日こそ先生に届け出ようと決心しては、朝になって思い直す。そんなことを幾度か繰り返した。先生はきっと優等生の琴音の言うことを信じるはず。そう思う一方で、ほんのわずかな誤解や言葉の行き違いで疑われ、瞬く間に学校中、そしてネットにも拡散して——そんな恐怖が拭えなかった。似たようなことは、子供の世界だろうが大人の世界だろうがありふれていた。感情を伴わない、集団の悪意は無敵すぎる。みんなが誰かを責める理由を探して、次のオモチャが欲しくて、暗い期待にうずうずしている。中学を卒業しても、大人になっても、たぶん一生終わらない、異物排除ゲーム。琴音の中で〝この世界から消えるべき理由〟は溢れて、気が付くとしょっちゅう息苦しさを覚えた。水面ぎりぎりにかろうじて口だけ出しているような、それでいて捉《つか》まるものも、目指す岸もどこにも見えないような。体に力が入らない、もう沈むしかない——。

チャームを届け出る代わりに、公園のどこか見つかりやすい場所にそっと置いてこよう。琴音がようやくそう決意したのは、今朝の、明け方近くのことだ。

「この持ち主は死んだの。もう返せないの！」

大きな声を出せば出すほど喉が震え、唇の周りが強張った。ジジイは眉根を寄せ、描かれた額の皺が本物のそれに重なる。何かの冗談みたいに。

「あんたの友達か？」

小銭入れを拾ってから初めて聞く、普通の老人の、穏やかな声音だった。

「違う……あの子に友達は一人もいなかった。いじめられてたから」

「あんたもいじめてたのか」

琴音は力なく首を振る。いじめてはいない、でも。

「友達でもない、いじめてもない子のために、泣いてるのか」

「泣いてなんかない！」

琴音は足元のチャームを拾う動作にまぎれて必死で顔を背けた。鼻の奥が痛くて熱い。ダウンコートの袖で押さえながら気付かれないように鼻を啜《すす》り、目尻に溢れそうなものをなんとか抑えた。琴音には泣く理由がない、泣く権利もない――それでも、何度でも、久保田はいつかの、どこかにいたはずの自分だと思えてしまう。

久保田が死んだ今になって、琴音は彼女をずっと近くに感じていた。

「……でも泣きたくなったよ、先生たちが『命を大切に』ってクソ寒いこと言ったとき。みんな誰かのこと『どうでもいい』とか『死ねばいいのに』とか、絶対思ったことあるくせに。ほんと大人って嘘ばっか。この世界には大切にされる命とそうでないのがあるって、子供でもわかるよ」

ジジイは何も言わずに、じっと琴音を見上げている。琴音は誰にも言ったことのない本音がするすると自分の口から出ていくのを、どこか他人事《ひとごと》のように聞いている。

「阿久津さんも死ぬのかなって……久保田みたいに勝手に私の前で落とし物して、そんで勝手に死ぬのかなって、思ったんだよ。だってこの世界から消えるべき理由、絶対にたくさんあるでしょ。私や久保田より、ずっといっぱい、何百個もあるはずでしょ？」

「この世界から、消えるべき理由？」

「そうだよ。一人ぼっちで、みんなから迷惑がられたり、変な目で見られたり、嫌われたり。そんなの消えたくならない？　私はきっとなるよ。っていうか、もうとっくに、ずっと消えたいと思ってるよ」

「それで——ここまで俺を追いかけてきたのか」

「……ねえなんでそんなになってもまだ生きてるの？　ここにそんな価値ある？　それとも死ねなかったの？」

琴音は自分でもひどいことを言っているのはわかっていた。でも誰でもいいから教えて欲しかった。なぜ久保田が死んで、なぜ自分や、目の前の老人や、久保田をいじめた奴らがまだ生きているのか。自分たちにそんな価値があるのか、それともまったく違う意味がどこかにあるのか。

「……我々は皆、泣きながらここへやってきた。知っているな、生まれて初めて空気を吸うと、誰もがおぎゃあおぎゃあと泣くものだ」

ジジイは腕時計を見ながらゆっくりとベンチから立ち上がる。相対すると同じくらいの身長なだけに、ジジイの枯れ木のような細さが際立った。琴音より母より、もしかしたら祖母よりも、ずっと死に近いところにいる身体。

「いいことを教えよう。よく聴け。生まれ落ちると泣くのはな、この阿呆の檜舞台《ひのきぶたい》に引き出されたのが悲しいからだ」

またわけのわからないことを。そうやって誤魔化す気か。

みんなアホの舞台の役者で、ライトが当たるのはアホばかりで。ならこの世界にはやっぱり絶望しかないじゃないか。舞台を降りた方が、きっとずっと楽だ。

ねえ、そうなんでしょ？

琴音は心の中で、初めて久保田に話しかける。

「悲しいならさっさと舞台から降りればいいのに、なんでみんなそうしないの？」

「役者とはそういうものだ。一旦上がれば引きずり下ろされるか倒れるまで、そこに立つ」

「そんなの狂ってるだけじゃん。私は役者なんかになりたくない！」

「ならば狂った奴らにとっての狂った奴に、阿呆にとっての阿呆になれ。そこらの阿呆とは違う、本物の道化になることだ」

「意味わかんないです」

「俺はなる。俺の仲間たちも、誰がなんと言おうと存分に舞台に立つ。そして死ぬ」

白い髪も髭もくしゃくしゃで、本物と半ば落ちかけた偽物の皺が混在したジジィの姿は汚れてみすぼらしくてひどい状態なのに、それこそ王様のように堂々としていた。「死ぬ」という言葉を、琴音は聞き違えたのかと思う。それとも同じ響きで違う意味の言葉が他にあっただろうか。

「行くぞ！」

ジジイはものすごい勢いで走り出す。

なぜかわからない、勢いに引っ張られたとしか言えない。気が付けば琴音も慌ててジジイのあとを追っていた。ざわざわとした不穏な予感と共に、ジジイの最後の言葉を反芻《はんすう》しながら。

「どこ行くの⁉」

「俺たちの舞台だ！」

緑道を引き返し、再びランナーたちの流れを裂いて、二人は公園のメインストリートまで戻ってくる。さすがにすぐスピードは落ちたが、それでもジジイはよたよたと走り続ける。琴音も息が上がり、冷気で痛むこめかみを押さえて、なんとか付いていった。

『リア王』のフラッグが下がった街路灯が連なる道を左に折れると、眩《まばゆ》いほどの黄色が目に飛び込んでくる。ずらりと左右に並んだ名も知らない樹の花が満開だった。午後の陽が花の一つひとつに反射して、遊歩道全体が光に包まれているように見える。

琴音の掌《てのひら》の中のチャームも、ほんの一瞬、指の隙間から黄金の光を放った。

そこにどんな意味があるのかはわからない。でもあの日の放課後、久保田が落としたこの光を、琴音は確かに見つけて、拾った。

先を行くジジィは、一瞬立ち止まったかと思うと、わけのわからない言葉を叫びながら、人々の間を駆け抜けていく。ギョッとして飛び退いた人々が、後ろを追いかける琴音にも不審そうな視線を向ける。

見たければ見ればいい、見たくないなら見るな。

そんなふうに、琴音もいっそわけのわからないことを叫んでみようかと思う。

向かい風の冷たさに、瞳が水の幕で覆われる。人も自転車も木々も水飲み場も、風景全体がぼやけて、花々に反射する無数の光の尾だけが、琴音が動くのに合わせて鋭く縦へ横へと伸び続ける。いつしか自分の荒い呼吸とポケットの奥のシャラシャラという微《かす》かな金属の音だけが、こもった耳の中に響いていた。

アホにとっての、アホになる――。

(久保田の家族に、届けよう)

怒りを通り越し、悔しくて悲しくなるほど煌《きら》めいて見える世界の底で、ぽつんと湧いたその思いは、光の粒子が集まるように琴音の中で強くなっていった。

遊歩道が途切れても道はひどく明るいままで、どんどん開けていく。それにつれて真上の青に白い絵の具を溶かしたような薄水色の空が、どこまでも高く広くなっていくようで、琴音は体がすくみそうになる。息が苦しい。でもまだ走れる。行き交う人々の中でジジィの背中は頼りなく小さいのに、そこだけ太い輪郭線で縁取ったように、くっきりと見えた。

第二幕　三年前

金の水に泳ぐ

わたしは高望みしすぎたのだろうか。

じわじわと締め付けるような切迫感が喉元を這《は》い上がってくる。それは秋の気配が漂い始めた九月のある日、太田千鹿子《おおたちかこ》が十八年勤めた会社から解雇を言い渡されたときのことだった。

来期には会社は多国籍医療機器メーカーに吸収合併され、給与体系が見直される――それに伴い、四十歳以上で進行中の案件に携わっていない者は年内の人員整理の対象になる――窓のない一番小さな会議室の四人掛け机を挟み、部長と人事課長から淡々とした説明を聞きながら、千鹿子は先週行った中古マンションの内覧会のことを考えていた。

千鹿子には昔から、自分に分不相応なことをしたり願ったりすると、歯車が狂うというジンクスがあった。小遣いをはたいて高いペンケースを買えば猛犬に追い回され、偏差値の届かない高校を志望すれば試験当日に急性虫垂炎、ハンサムでモテる男にくらりと片思いをしたら、クレジットカードがスキミングされた。だから「足るを知る」を座右の銘に、自分に相応《ふさわ》しいか、相応しくないかで様々な判断をしてきた。

就職氷河期の最中、二流の大学を出てなんとか滑り込めた中堅のメーカーでは、野心・やりがいよりも無遅刻・無欠勤に努めた。旅行は国内パックツアー、エリートたちとの合コンではいたかどうかも曖昧な座敷童《ざしきわらし》のような存在に徹し、住まいは都心まで乗り換え二回の不人気エリアで、ユニットバスに親しんで。

中古マンションの購入というのは、二十年近くそうした堅実な生活をし続けてコツコツ貯めた預金と、それほど多くなくとも安定した収入を持つ独身の自分に見合った望みだと思っていたのに——。

いっそショックで打ちのめされ、泣き喚《わめ》いたり取り乱したりした方が精神衛生上もいい気がするのだが、人生半ばにさしかかれば、そうした行為はなんの解決にもならないことも知っている。千鹿子の脳内は衝動を一切放棄し、むしろ水のように静かだった。

ひたりとした静寂の中で、千鹿子は自問する。不惑の歳を過ぎた独身、間もなく失業する自分に、相応な未来とはなんだろう。

その週末、千鹿子は姪《めい》の十二歳の誕生会のために集まった家族の前で、解雇を言い渡されたことを報告した。

「シカちゃんニートになっちゃうの？」

「中年の売れ残りで無職ってさあ、人生詰んだって言うんでしょ？」

姪とその兄である十五歳の甥《おい》が口々に言うと、義兄が厳しい顔で二人を窘《たしな》めた。

二人ともつきたての餅のようだった頃からの付き合いなので、何を言われても許せてしまう。

姉の千鶴子《ちづこ》が作るプロ顔負けの豪華な食事のあと、大人は酒を片手に、庭に面したサンルームに陣取った。資産家である義兄の実家から移植された金木犀《きんもくせい》が、わずかな残照と室内から漏れた光を受けて、ほのかに浮かび上がる。

「会社が転職エージェントを紹介してくれたし、自分で調べた会社と二社、なるべく早く登録に行くつもり」

そのまま〝家族の幸せ〟とキャッチコピーが付きそうな団欒《だんらん》を、自分の失業話が邪魔しているようで、千鹿子は努めて明るく言った。

「……四十過ぎの女で、特別な能力もないのに再就職なんて、このご時世じゃかなり難しいんじゃないのか？」

娘に対して露ほども遠慮のない父がずばりと言った。父は地方の中堅企業で定年を迎え、兼業農家だった祖父母が残した、古いが大きな家に住み、今の趣味は将棋と温泉旅行という、団塊世代の理想的な老後を実践している。そんな父に寄り添うように母が続けた。

「そうよねえ。すぐに見つかるものじゃないだろうし……東京じゃ家賃もバカにならないでしょ。とりあえず一度うちに帰ってきたら？」

「ああそうしろそうしろ、バイトでもしてなんとか暮らしていけるだろ」

両親が同じ幅だけ眉根を寄せて同時に頷《うなず》き合うと、それまで甲斐甲斐《かいがい》しく皆にワインを注いだりチーズを切ったりしていた千鶴子が突然、口を開いた。

「シカちゃんは、やっぱり婚活をした方がいいと思うの」

上品なダイヤのピアスを光らせ、ぐぐっと千鹿子の方に身を乗り出してくる。

「私の同級生でね、ずっと独身で悩んでた子がいたんだけど、結婚相談所で紹介された人とついに結婚したの。その相談所、成婚した人の紹介があれば入会金がいらないから『妹さんどう？』って言われたのよ。今日ちょうど話そうと思ってたんだけど、そんな状況ならなおさらだよ。真剣に考えてみない？」

「でも四十過ぎで、特に美人でもないのに相手なんて見つかるかな」

娘に対して微塵《みじん》も気を遣うことを知らない母が心配そうに呟《つぶや》くと、姉は瞳を輝かせて言う。

「友達は四十三歳よ。相手の人はバツイチだけど子供もいなくて、ずっと独りで生きてくのは寂しいからパートナーを探してたんだって。今はほら、離婚が増えてるからバツイチの人も多いでしょ？」

「ああなるほど。そうね、子供がいないなら、バツイチでもいいか……」

母と姉の熱い視線が再び千鹿子に注がれる。求職の話がなぜ結婚の話に変わるのか。わかるといえばわかるのだが何故《なにゆえ》。去来する様々な思いを赤ワインと一緒に飲み下す。飲み慣れない高いワインは千鹿子には渋味が強すぎる。

「結婚とかそんな、今さらいいよ……そんなことより、仕事を見つけないと」

母と姉は、先々のことを考えなさい、探す前から後ろ向きにならないで、などと言葉を重ねる。自分のことを心から案じてくれているのは十分身に染みるが、その優しさにふやける前に、千鹿子は裕福な専業主婦の二人と自分の間に横たわる、深い溝を意識してしまう。

母の桃子《ももこ》は子宝・財産・長寿こそが女の幸せと信じ、自分の名前と合わせ、福禄《ふくろく》寿《じゅ》の象徴となるように娘たちを名付けた。母の教えを真っ直ぐに実践する千鶴子が眩《まぶ》しくなることも、しばしばある。恋人は十年近くおらず、誰かの肌に無性に触れたくなることもあった。だが三十代後半にさしかかった頃から、情熱やマメさ、女の魅力に乏しい自分には、恋愛や結婚は向かないのだと納得した。悟りと言ってもいいかもしれない。

そうして静かに折り合いをつけ、千鹿子なりに真面目《まじめ》に、せめてもの親孝行に長寿は全うしようと、地味でも自分に見合った人生を歩んできたのに。

黙り込む千鹿子に、若干酔いの回った父が、一段太い声で言い放った。

「そりゃあな、女だてらに立派だと思うよ。真面目に働いて、二十年近くもよく頑張ったもんな。だけどそれでお前の手元に残ったものはなんだ？　女としての幸せをぜんぶ捨ててまで、仕事したいと思ってるわけじゃないんだろ？　紀江《のりえ》を見てみろ。家族がいないから、このままじゃ最期を看取《みと》るのはお前たちだ。寂しいもんだぞ？」

独身のまま先ごろ地方公務員を定年退職し、今も嘱託職員として市営の福祉施設に勤める叔母《おば》を思うと、必死で顔を上げプライドを保とうとしていた千鹿子の背筋がみるみるたわんだ。

紀江叔母は、千鹿子や千鶴子がまだ小さかった頃は、たまに家に遊びに来ていた父の妹だ。来るたびに姉妹に面白い絵本をプレゼントしてくれ、臨場感たっぷりに読み聞かせてくれたので、千鹿子は彼女によくなついた。大きくなるにつれて自然と付き合いは薄れ、親戚の集まりで再会するたび、独り地味に歳を取っていく叔母を見て、ああはなりたくない、と思った時期が、若い頃の千鹿子には確かにあった。振り返って、今はまだ憎まれ口も可愛いと思える甥や姪も、いずれは自分に対してそんな感情を抱くのかと思ったら、やりきれない気持ちになった。


姪の誕生会から一週間も経《た》たない日の夜、当の紀江叔母から数年ぶりに電話があった。噂《うわさ》をすれば影、というよりも、不義理な自分の失敬な思いがどうかして紀江叔母に届いてしまったのかとぎょっとした。

「突然ごめんね。シカちゃん大学で写真部だったでしょ？　ちょっとね、写真を撮って欲しいんだけど頼めないかな。お礼はするから」

内心ひやりとしていた千鹿子は大きく肩透かしを食らう。

「なんの写真？　もうぜんぜん撮ってないし、カメラだってそんないいもの持ってないよ」

「うん、まあ……詳しいことは会って説明するから。あたしの携帯のカメラで撮るよりはなんでもマシだと思うのよ。あ、兄さんと義姉《ねえ》さんには内緒でね」

肝心のところを誤魔化されたままで釈然としなかったが、叔母を憐《あわ》れんだ後ろめたさが勝り、千鹿子は次の土曜日の午後に、隣県の紀江の家に行くことになった。

急行の停まる駅から十分、緑の多い落ち着いた住宅街にある十階建てのマンションの六階に、紀江の住まいはあった。解雇間近の自分と違い、地方公務員の仕事を全うした紀江にこそ相応しい、煌《きら》びやかではないが、清潔感のある中古マンション。それが抜けるような秋空を背景にそびえ立つのを、千鹿子は複雑な気持ちで見上げる。

「今日はわざわざありがとうね、助かるわ」

使い込まれた家具が収まるべきところに収まった、明るいリビング・ダイニングで紀江は千鹿子を迎えた。キビキビした所作のせいか年齢よりひと回りは若く見える人だったが、数年前に法事で会ったときより確実に毛量は減り皺《しわ》は増え、全体に萎《しぼ》んでいる。化粧っ気のない顔に、年齢に不似合いな派手なオレンジの口紅だけがいびつだった。

「ジドリって言うの？　一応試してみたのよ。でも腕が短いからうまくいかなくてさ。昔シカちゃんが撮ってくれた写真が、やっぱり一番綺麗《きれい》に写ってるなぁと思ってね」

当時、写真サークルの活動の一環で、親戚の白黒ポートレートを撮り、マット加工の練習をしたことがあった。それを紀江の誕生日にプレゼントしたのだ。いま思えば遺影のような不吉な代物だった。

「じゃあ被写体は叔母さんなんだね。何に使うの？」

十数年ぶりに引っ張り出した簡易レフ板と共に、窓の位置と光の向きを確認しなから千鹿子が尋ねると、叔母は途端に声を落とした。まさか、遺影か。

「あのね、結果が出るまで内緒ってことでもいいかしら……やっぱり照れくさくって。とにかく、なるべく綺麗に撮ってもらいたいの。顔のアップと全身写真で」

照れくさい、顔のアップと全身写真、結果待ち……。

それはお見合い写真に他ならないのでは。姪の誕生会以来、〝婚活〟の二文字に囚《とら》われていた千鹿子はすぐにピンと来た。一瞬、結婚情報誌の宣伝のように、メンデルスゾーンをBGMに白いひらひらのウェディングドレスを着た叔母の姿を想像してしまう。

「……それなら、服とかメイクとかも、きちんとした方がいいんじゃない？」

動揺で声が上ずりそうになるのを、千鹿子はなんとか抑えた。

「口紅は一個だけあるのを塗ってみたんだけど、ヘン？　あと服は一応何パターンかコーディネートを考えてみたの」

紀江が指差す先には、ハンガーにかかった古臭い紺色のツーピースや、いかつい肩パッドが目立つ黒のスーツがあった。ファッションに疎い千鹿子でも不味《まず》いとわかる。紀江の年齢相応にしても、もう少しやりようがあるだろう。

「えーと……もうちょっと、明るめにしようか」

結局、千鹿子が服のコーディネートからヘアメイクまですることになった。千鹿子のセンスもメイクも、せいぜい五、六年前の知識で止まっていたが、優に二十年以上は時を止めている紀江のそれよりはましと思われた。ここへ来るまで、働く女の先輩として叔母に相談してみようかと考えていた求職の件は、言い出しそびれてしまう。

叔母の鏡台を漁《あさ》り、いつの、どこのものとも知れぬファンデーションや白粉《おしろい》、百均で買ったような十色入りアイシャドウを見つけ出す。千鹿子も化粧に凝る方ではないが、叔母はほぼ素っぴんで人生を過ごしてきたらしかった。口紅を拭い取り、平板な紀江の顔に向き合う。間近で見ると皺は余計深くなり、シミもところどころ目立つ。眉毛を整えようとして紀江の肌に触れると、弾力や油分がまったくなく、今にもくしゃりと崩れそうなほど弱々しい。千鹿子は、自分にも間もなく確実に訪れる〝老い〟に慄《おのの》く。

「噂には聞いてたけど、眉毛ってこうして整えるのねえ」

なるべく痛みの少ないよう、恐々と毛抜きを使う千鹿子をよそに、紀江は目を閉じ、うきうきと笑う。

ファンデーションを塗り、白粉をはたき、目元にアイシャドウを控えめに重ねる。チークもアイシャドウで代用した。口紅は例の派手なオレンジをティッシュで叩《たた》いてなんとか叔母の唇の色に馴染《なじ》ませた。

「すごいわぁ、プロみたい！　シカちゃん自分のお化粧は構わないのに、上手《じょうず》なのね」

「あのね、これでもまったく構ってなくもないの。本当はアイライナーとマスカラがあるともっと印象が変わるんだけどね」

　手鏡を見ながら少女のようにはしゃぐ叔母がなんだか可愛い。

　次にクローゼット中を探し回り、紀江が横で「それは普段着だから」「ちょっと地味すぎない？」などと抗議するのを適当に流して、使えそうな服を取り出す。大切に長く着てきたのであろう、叔母のワードローブは安物、地味、流行遅れの服のオンパレードだった。かろうじて二着ほどあったブランド物の服も、遠いバブル期の香りがする。質素倹約を旨とする先祖の血を、叔母は確実に受け継いでいるようだった。どうにかこうにか顔映りがいいオフホワイトの柔らかなシャツと、なんの変哲もないグレーのロングタイトスカートに、冠婚葬祭用パール、同僚のイタリア土産だったという薄い緑の地に金の模様があしらわれたスカーフに落ち着いた。服を着替えてもらい、ボサボサのおかっぱ髪もヘアクリームとドライヤーでクセを整え、いよいよ撮影に入ったときは、既に陽《ひ》が傾き始めていた。

　自然光の入る居間の白い壁を背景に、レフ板を棚の上に固定して一応のライティングを調整する。姿勢や手の位置、顔の向きまで細かく指定してファインダーを覗《のぞ》くと、千鹿子を迎えたときよりも、一段華やいだ叔母の笑顔があった。

――仕事人生を貫いても、晩年の入り口には結局〝女の幸せ〟を求めるものなの？

――歳を取った先に待っているのは、勤め上げた達成感ではなく後悔なの？

――人生に折り合いをつけ、受け入れてきたと思ったものは誤魔化しだったの？

千鹿子は口に出さずに叔母に問い続ける。叔母の向こうにはそう遠くない未来の自分がいる。シャッターを押すごとに、自分の足元が次第に狭まっていくような心許《こころもと》なさを覚えた。

「じゃあ指定サイズに加工してお店に申し込んだら連絡するね。叔母さんは店頭で受け取ればいいだけだから」

「今日は本当に色々ありがとう。結果が出たら、きっと報告するね」

お礼の菓子折りと無理やり渡された一万円をありがたく頂戴して、千鹿子は紀江の家をあとにした。夕陽の差し込む上り電車に揺られながら、姉に例の結婚相談所を紹介して欲しいとメッセージを送った。

「医療機器関連、と現在の業界に絞ってしまうとご紹介数が限られるので、広く営業アシスタント職で見ていきますね」

自分よりひと回りは若そうな転職エージェントの女性に言われ、千鹿子は素直に頷く。たまたま新卒で就職した業界というだけで、医療機器にこだわる理由は何もなかった。こだわりがないということは、その仕事にかけるプライドも、目的意識もないということだね。そんな言葉をかつての同僚から言われたことを思い出す。業界最大手に転職した彼女は今ごろどうしているのだろう。

担当エージェントの手元には千鹿子が予《あらかじ》め登録した職務経歴のデータがある。それらを入力するときに味わった微《かす》かな恐怖が生々しく蘇《よみがえ》る。ずらりと並んだ経験業務、スキル一覧のリストにチェックを入れようとして、ほとんど当てはまらなかったのだ。できることが少しずつ増え、それなりに築いたはずの職務経験、だが世間で認知されるスキルというものはこれっぽっち。そう宣告された気がした。

「スキルチェックはあくまで目安ですし、考え方次第ということもありますから」

エージェントは慈悲深い笑みを浮かべた。言葉通り、彼女は千鹿子の詳細な経験を聞き出しながら、「それは市場調査と言えますね」や、「契約後のやり取りはコレスポンデンス業務と言い換えてみましょう」と鮮やかにファイルを調整していく。こうして千鹿子の〝できること〟はデータ化され、あとは完璧なシステムとその道のプロがデータベースから最適な仕事をマッチングしてくれる。千鹿子は出されていたお茶にようやく口を付け、意識して深く呼吸する。

「それから年収について、申し上げにくいのですが太田様のご年齢とご経験では、現在と同レベルというのはまず厳しいとお考えください。よくて三分の二というところでしょう。やはりマネージャー経験がないと、ステップアップというのは難しいものなんです」

「……ええ、それは重々理解しているつもりです」

中古マンションの二の舞はない、高望みはすまい、と千鹿子は固く心に決めていた。三分の二の年収が今の自分に相応の条件なら、受け入れるしかない。担当は綺麗に巻かれた茶色いロングヘアを耳にかけ、わずかに口角を上げる。

「よかったです。やはり社会経験の長い方ですと、ここのところにご納得いただけない方も多いので。ただ頑張り次第で、また昇給や賞与の可能性もあるわけですし」

この人材紹介会社は業界一、二を争う大手だから、彼女の年収はきっと今の千鹿子よりも上だろう。知性を感じさせる話し方と整った顔立ちの彼女は、それに相応しい人生を順風満帆に送る者の余裕に溢《あふ》れていた。

「ご退職までの三ヶ月間で決めることはなかなか難しいと思いますが、一緒に頑張ってまいりましょう」

エージェントに見送られ、細かく仕切られた個室が並ぶ静かな廊下を歩きながら、千鹿子は口の中でドナドナの歌を口ずさんでいた。仔牛は市場に運ばれるが、買い手のいない中年の牛はどこへ行くのだろう。

人材紹介会社のビルを出ると、そのまま同じターミナル駅の反対側にある結婚相談所へ向かった。慣れないことはなるべくいっぺんに済ませてしまいたい。会社では週の真ん中に有休を消化する千鹿子に文句を言う人は誰もいなかった。

比較的新しいガラス張りのビルの中に入っているその相談所は、姉の同級生によると、近年中高年の婚活で定評があり、首都圏に何店舗も構える大手らしい。いかにも優しげで品のある、母親然とした中年女性が千鹿子の担当コンシェルジュだった。

「太田様はとても謙虚でいらっしゃるから、良い方が見つかると思いますよ」

「いえ、あの、このような私でもいいという方なら……」

「そう割り切るのが難しいものなんですよ！　こう言ってはなんですが、やっぱり年収や学歴を気にされる方が多くて、そういった条件でハードルを上げてしまうのは、特に四十歳以上の方ですと、どうしてもねぇ……」

これまでの苦い経験を思い出したのか、担当の上品な額に般若《はんにゃ》のような皺が寄った。

入会に際しては、「お相手に望む条件」という数十項目にわたる設問に、こだわる、どちらかと言えばこだわる、どちらでもいい、どちらかと言えばこだわらない、こだわらない、の五段階で答えるのだが、千鹿子は〝こだわらない〟ばかりに○を付けていた。年収や学歴など、翻って自分に当てはめればこだわる筋合いがなかった。ましてて千鹿子は間もなく無職になる可能性もあるのだ。そんな自分に相応の相手は、希望条件をまとめると「働いていて暴力を振るわない男」ということになる。

「お相手の希望年齢に四十代が入ってる方で——お子様を欲しがる方ですと、少々難しいと思いますので、既にお子様がいらっしゃる方、あとは『子供が欲しいか』で五段階中三の〝どちらでもいい〟かそれ以下の〝どちらかといえばこだわらない〟、〝こだわらない〟にチェックされてる方——この辺りで検索していくことになりますね。あとは結婚後のお仕事ですが、今は共働きを望まれる男性も増えてますけど、高齢になるとご両親の介護ということも出てまいります。太田様はこだわらない、ということですのでどちらでも問題ないですね」

「ええ、できれば働きたいと思ってますが」

もうすぐ無職になるかもしれないということはまだ伝えていなかった。言葉を切った千鹿子の様子をどう解釈したのか、担当は「お相手様とご相談されるのが一番だと思いますよ」と言った。

コンシェルジュの勧めに従い、プロの手でメイクを施してもらい、プロフィール用の写真を撮る。顔映りがいいからと合わせてもらった口紅はオレンジ系だった。だが叔母のように笑うことはできない。叔母の家で強烈に感じた、老後の後悔や孤独への恐怖は肌にざらりと残るくらい確かなものだったが、自分は諦めていただけで、本当は結婚したかったのか？　と自らに問えば、はい、と素直に答えられない。

意地ばかりではなく、そこに腑《ふ》に落ちないものがあるからだ。だがこんな場所まで来て、晩婚だったが幸せな結婚生活を送っているという目の前の担当に、「結婚が腑に落ちない」などと言えば、冗談にしか聞こえない。

「大体半年から一年でご成婚の方が多いですが、一日も早く太田様に幸せな出会いがあるよう、私どもも精一杯サポートさせていただきます」

揃《そろ》いの黒いパンツスーツの腰をきっちり四十五度に折って挨拶するコンシェルジュたちに畏怖の念を覚えながら、千鹿子は結婚相談所をあとにした。

千鹿子はその一日で、自分を小さなパーツにバラバラにして、棚卸ししたような気分になった。〝できること〟と〝できないこと〟、〝こだわること〟と〝こだわらないこと〟を組み合わせると、千鹿子という人間が形作られる。分相応な未来とは、この形が合う場所ということだ。大きすぎてもいけない、とはいえあまりに小さいのも避けたい。ひどい疲労感を覚えながら、千鹿子の頭の中はアメーバのように伸び縮みする。


紀江からの吉報がもたらされたのは、千鹿子が四社の書類選考と一社の面接に落ち、七人の男性に会う前に振られたのち、一人と初めてのお見合いをしたあとだった。

「やったわ！　もう信じられない。本当にシカちゃんのお陰！」

電話越しに伝わる叔母の興奮が、千鹿子の沈んだ気分を綺麗に掃き清める。

「叔母さんおめでとう！　よかったね！」

この会社ならば、あるいはこの人ならば、と求めてもことごとく拒絶された千鹿子にとって、ずっと独りだった叔母が誰かに受け入れられたという事実は、この上ない福音《ふくいん》だ。

「それで相手はどんな人？」

長い沈黙。叔母の声にならない呟きと戸惑いがスピーカー越しに伝わってくる。

「……シカちゃん、あの、誤解させてごめん。あれお見合い写真じゃあなくて――」

申し訳なさそうに続ける叔母の言葉に、千鹿子は絶句した。

紀江はあの写真を使って、さる有名な演出家が率いる新劇団のオーディションに応募していたのだった。団員として五十五歳以上の中高年を二十名ほど募集していたのだという。

「まさかあたしみたいな素人《しろうと》が受かると思わなかったんだけど、シカちゃんの素敵な写真のお陰で書類選考が通ったのよ。何かに受かって喜ぶなんて公務員試験以来だったわぁ」

叔母は話しながら、再び抑え切れない興奮に浮かされているようだった。

「叔母さん、女優になる気なの？」

やっとのことで千鹿子が尋ねると、電話の向こうで紀江は快活に笑って否定した。

「今さらこの歳で、ねえ。ただ中高年限定の募集なんてちょっと面白そうだな、と思って。ここから演技の選考とかあるから、まあ厳しいでしょうけど。それでさ、打ち明けついでに、ずうずうしくまたシカちゃんにお願いできないかと思って……」

紀江のお願いは、台詞《せりふ》の練習に付き合ってくれというものだった。

オーディション課題はチェーホフの『三人姉妹』だという。千鹿子は大学時代に付き合った芝居好きの男から、帝政ロシアを代表するその戯曲の題名だけは聞いていたものの、一度も読んだことがなかった。改めて図書館で借りてみれば、物語は都会生まれで今は田舎に住んでいる三人姉妹が、親に先立たれ、いつか都会に帰ることを夢見ながら近所の人や家族や仕事に右往左往させられて、結局は田舎に埋没していく、という、とことん救いようのないものだった。

「若い頃よりは良さがわかるようになったけどね。読み返すたびに感情移入する人や、台詞が変わってくの」

叔母は差し込む晩秋の陽が眩しいくらいのマンションのリビングで、千鹿子がお祝い代わりに持参したケーキを前に、老眼鏡を指で押さえながら言う。膝の上には付箋だらけの『三人姉妹』の文庫本が置いてある。

確かに人生の黄昏《たそがれ》を迎えた人々の滑稽《こっけい》なまでの哀感が詰まっているが、実は、姉妹の長女のオーリガでさえまだ三十一、二歳であるということが、千鹿子の胸を冷たくする。

『……ずーっと働きづめで、頭はカサカサ、すっかりやせて、歳をとって、器量は落ちてしまった、そのかわりに得たものはなにもない、なに一つ……』

「イリーナの台詞ね。シカちゃん、なかなか上手じゃない」

三女のイリーナは物語の終盤では二十四歳、二人の男性から熱烈な求愛を受けているという設定だ。現代ならつやつやピチピチの年頃で、二倍近く生きている千鹿子からすれば、何もかも得るのはこれからだろうが、と思う。

「私はちゃんと頑張って生きてきたと思ってたのに、いま周りじゅうから人生で価値あるものは何も得てないって言われてるみたい……」

本音をそのまま口に出しても台詞じみて聞こえる。勝手に叔母から二重の裏切りにあったような気になり、やぶれかぶれだった千鹿子は、その勢いのまま、解雇による求職活動のことも、勘違いで触発された婚活のことも打ち明けていた。

「残念だったわね……でもシカちゃんに価値がないんじゃなくて、その会社や相手の希望と合わなかっただけなんだから、後ろ向きに考えちゃダメよ。それにこの間お見合いした人には気に入られたんでしょう？」

「そう、なのかな」

「だってまた会いたいって言われたなら。あ、シカちゃんは乗り気じゃないんだ？」

「そういうわけじゃないよ。こんな私にありがたいことだと思うし。ただ、ずいぶん異性交遊から遠ざかってたから……」

〝不純〟が付く方なんて、もっと遠い。

「ずいぶん古い言葉使うわねぇ」

関係の始まりとはどういうものだったか、相手をどう思い、どう感じるべきなのかわからない。相談所に入会したときの違和感はますます膨らんでいる。

千鹿子の人生初のお見合い相手は、入会直後から熱心にアプローチしてきた五十歳の初婚男性だった。お見合いをするには専用サイトで興味のある相手に「お会いしたい」ボタンを押して知らせるのだが、その男性は千鹿子の入会後一日もしないうちにボタンを押してきた。千鹿子がOKの返事をすると、とんとん拍子に都内の中堅ホテルのラウンジで待ち合わせることになったのだ。あまりにも展開が早いために、千鹿子は相談所に行かなければ確認できない相手の写真を、約束の前日に見る始末だった。ちなみにその間に五人の男性に出した「お会いしたい」には否の返事があった。

待ち合わせ場所に現れたのは、頭の上半分が見事な白髪の巨漢だった。写真はほどよく加工されていたようだ。ひどく汗をかいているので生成《きな》りのジャケットの脇が汗で変色して、近付くと腋臭《わきが》が漂った。好みかと問われれば否と答えるしかないが、生きて働いているという点では千鹿子の希望に合致していた。所作を見る限り乱暴な印象は受けない。しかもバツイチでもないので希望以上と言えるかもしれなかった。彼は一時間という初回お見合い時間の目安を一秒たりとも無駄にすまいとしているのか、千鹿子に矢継ぎ早に質問を浴びせた。お陰で千鹿子も、初対面の相手と会話の糸口を探してまごつくこともなかった。

朝は早い方ですか？　料理はしますか？　得意なメニューは？　甘党？　辛党？　酒を飲むときは何杯くらい？　酒の種類は？　和食と洋食なら？　タバコ吸いますか？　あるいは過去に吸ったことは？　掃除は好きですか？　洗濯はこまめな方？　運転しますか？　ピアス開けてますか？　爪はいつも塗ってるんですか？　新聞はどこの？　犬派？　猫派？　好きなテレビ番組は？　入院したことありますか？　健康診断で再検査になったことは？　持病は？　両親の既往症は？　親戚に犯罪歴は？

そうして千鹿子は再び無数のチェックボックスに分解された。千鹿子が彼の質問に答えるたびに、見えない印が振られ、千鹿子の人形《ひとがた》は変わり、総合点が変わっていく。彼のやり方は極端だが、自分に相応の相手を見極める手段としては理にかなっている。すべての質問が終わったあと、彼はグラスの底の氷まで舐《な》め尽くし、千鹿子のカップには冷めた紅茶がほとんど減らずに残った。

「これが初めての見合いなんですよね？　僕と次会うとしてもまだ活動を続けますか？」

「……こうした相談所に入会をするのは初めてなので、なんとも」

彼は笑っているのか嘆いているのか判別のつかない奇声を発した。

「ああ、これだから困るなあ、ほんと困るなあ。僕の担当に何度も言ってるんです、最初の見合い相手にするなって」

返答のしようがなく、千鹿子がぼうっとしていると、彼は巨体を乗り出して声を潜めた。

「これは担当にも言ってないんですけど——僕の家族は、都内にアパートを一棟持ってるんですよ」

千鹿子は脈絡のなさに面食らう。

「はぁ、すごいですね」

咄嗟《とっさ》に出た反応が気に食わないのか、彼は少しむっとした表情を見せた。

「僕は初婚だし、両親はまだまだ元気なので、妻になる人は働いてもらってＯＫだし、条件としては悪くないと思いますよ？」

　若い頃だったら働いていいと許可を出すような態度に多少は反感を覚えただろうが、間もなく無職の中年となる千鹿子は、（ということは働かなくても経済的には大丈夫ということなのだな、介護は嫁がするという考えなのだな）と冷静に類推する。アパートが真実ならば、彼は千鹿子にとって分不相応な相手とも言える。それでも千鹿子が明確な返事をしないでいると、彼は、

「ま、アパートのことプロフィール欄に書けば、たぶん三十代の女性とかも来ると思うんで、そのときになると遅いんで、ちょっと早めに考えてみてくださいよ」

　早口で言い置くとさっさと席を立った。

　その後も彼からは熱心な「お誘い」連絡が来ている。千鹿子のことが気に入ったというよりは、チェックマークの総合点が彼の希望に合致したのだろう。それも驚くべきことではあった。千鹿子にとっても——ほとんどチェックボックス自体がないとはいえ——印の数で見れば彼は相応以上の人だった。それでも千鹿子は途方に暮れる。結婚とは、現実とは、こんなすかすかのマークシートのようなものだったか。

　いつの間にか紀江叔母はモンブランを食べ終えて、『三人姉妹』のページに鉛筆で線を引き始めている。課題はオーリガの最後の台詞だけのはずだが、付箋も線も戯曲の全般にわたっているようだ。

「あとは暴力を振るわないか、だったっけ。でもそれどうやって見極めるの？　張り手でもしてみる？」

「先に手を出しちゃダメでしょう……とにかく大事なのは、結婚したかったら、今の私に相応しい、というか、それ以上の相手なのかもしれないってことで」

「その〝結婚したい〟の前提が、シカちゃんは違うんじゃないの？　あたしが色々勘違いさせたせいもあるけど」

「それはやっぱり、独りだと今も未来も不安だから……経済的にも精神的にも。たとえこれから就職できたとして、この不安が完全になくなるとは思えないし。今の条件で最善の選択ならした方がいいとは思う。でもそもそも結婚ってなんなんだろうって考え出すとね……」

「オーリガだったら『結婚は義務よ』って言うんでしょうけど、時代も国も違うし、未婚のオーリガやあたしが言ってもねぇ、説得力に欠けるわねぇ」

「私は叔母さんみたいに、定年まで勤める仕事も、分譲マンションもないし」

「そんなの伴侶や子供に比べたらなんの価値も持たないって人もいるわよ。子供とマンションを比べるのはどうかと思うけど。『ま、どうだっていいがね。どうだって』」

どうだっていい、は三人姉妹を昔からよく知る老軍医チェブトゥイキンの口癖だ。家族もなく仕事への情熱もなく、恩給と酒だけが楽しみの、諦念の極北ともいうべきキャラクターだった。

「伴侶や子供、いたらよかったって思う？」

これまで叔母に対してずっと避けてきた質問を、千鹿子は思い切って口にしてしまう。チェブトゥイキンに向けたものかのように誤魔化して。

「……そりゃあね、今でもときどき考える。後悔っていうか、もしいたらどんなだったろうって想像するの。やっぱり人間、誰かに必要とされないと不安になるものだし、必要とされると、生きる力になると思う。あたしにも夫や子供がいたら、少なくとも二十年くらいは必要とされたかなあ、なんてね」

「でも叔母さんは職場で必要とされてたから、定年まで勤められたわけでしょ」

「あたし個人が必要とされてたわけじゃないでしょ」

叔母の意外な言葉に、もそもそとフォークを動かしていた千鹿子の手が止まる。

「別に卑下してるんじゃあないわよ？　ひと握りの特別な人や仕事でない限り、この人でなきゃダメなんて仕事はないと思ってるだけ。でないと組織は回らないからね。ただ働くのは嫌いじゃなかったし、職場にも恵まれたと思う。つまりね、『生きていかなければ……働かなければ、そう、大事なことはそれだけ、働かなければ！』」

なんの躊躇《ちゅうちょ》もなく、叔母は情感たっぷりに朗々と台詞を読み上げる。それは遠い昔に絵本を読んでくれた彼女の姿に通じるものがある。そのことに千鹿子は今さらながら気付いた。

「それも、イリーナの台詞じゃない」

「不思議よねぇ。ぴったりはまる。二次オーディションではね、これまでの人生についてのインタビューみたいなのもあるらしいの。わざわざ中年と老人の劇団を作るのは、演技じゃなくて自然に滲《にじ》み出る年月で表現できるものが欲しいってことでね。あたしの年代で未婚のまま定年まで働いたっていうのは珍しいから、目一杯強調しようと思って」

叔母はにやりと笑った。この人が自分の孤独な人生を悲観しているなどと、どうして思ったのだろう。千鹿子は自分の浅はかさが恥ずかしくなる。叔母は人に必要とされてもされなくても、人生を渡っていくための、生きる力という燃料を、自前で賄《まかな》ってきたのだ。自分にそれができるだろうか。できなかったとして、あのお見合いの相手は千鹿子を必要とするのだろうか。千鹿子は彼を必要とするのだろうか。

「じゃあシカちゃん、最後のシーン、マーシャの『ああ、あの楽隊の行進曲！』からイリーナの『働かなければ！』まで。なるべく感情込めて、お願いね」

千鹿子の二度目の面接先は、叔母の住む県の私鉄沿線の駅前にオフィスを構える会社だった。人事との一次面接を突破した千鹿子を今日面接するのは、入社した場合は上司に当たる事業マネージャーだと聞いていた。目の前に座った男性は、おそらく千鹿子と同じ年代か少し若いくらい、だいぶ後退した頭と派手な黄色の眼鏡《めがね》が少しアンバランスだった。ベンチャー企業とはいえ、関東に広く展開するドラッグストアチェーンの一部署が分社化してできたその会社で役付きということは、やり手なのだろう。ひと通りの経験や志望動機、この会社での展望といった一般的な質問を受けたあと、事業マネージャーはプラスチックカップのコーヒーを口にし、改めて千鹿子に向き直った。

「うかがってると、これまであまりご自分のキャリアパスについて考えてこられなかったような印象を受けるのですが？」

「自分に与えられた仕事を全うすることに全力を尽くしておりました」

「出世欲はない、と？　転職も考えなかったんですか？」

「リーダーに向く人間とそうでない人間がいると思うので……私は後者で。転職は、職場環境に恵まれていたので、考えませんでした」

「そうですか。まあ気楽に働けたらそれはそれで楽しそうですけどね。僕は守りに入ってしまうのが嫌なんです。仕事人生、常に攻めていきたいんで」

自分は気楽に、仕事を守っていたのだろうか。千鹿子は勤続約十八年の日々を振り返る。そう言われればそうとも思えるし、やはり腑に落ちない自分もいる。攻めだの守りだの、一体何と戦えというのだろう。

「弊社は、ああ本社という意味ですけど、完全成果主義ですから、『向かない』なんて言ったら言い訳か、意欲がないと見做《みな》されるんですよ。今回は補助業務が主になるアシスタントの募集なので、野心があまりあっても困るんですけど、ははは」

侮られることにだいぶ慣れてしまった千鹿子は、心の中で（『どうだっていいがね。どうだって』）と唱えながら、ただ曖昧に返事をした。

「それから念のため、近くご出産の予定はないですよね？　確か未婚とうかがってますが」

事業マネージャーの薬指にはプラチナのリングが控えめに光っている。

「ああ、それはないです」

言いながら、件《くだん》の見合い相手の顔が過《よぎ》り、霧散した。

「よかった。制度は用意してあるんですけど、やっぱりまだベンチャーなんで。それでやる気はあっても若い女性はちょっと敬遠してるんです。あ、これハラスメントとかじゃないですからね」

前回落ちた面接では、「やはりもう少し若い、やる気のある方を」ということでエージェントを通して断られていたので、何ハラだろうが、子を産む機会のなさそうな中年の方がいい、とされることは、むしろありがたいと思わなければならない。

事業マネージャーはひとしきり彼の社内での武勇伝や、これから彼が任されるのだろう「本社副社長肝いりの大プロジェクト」の話をして、面接を終えた。次は本社兼務の役員面接になると言われたので、事業マネージャーの面接は通ったようだった。給料は、エージェントが言っていた通り、きっちりこれまでの三分の二だ。初年度は契約社員扱いのため、業績により二ヶ月から四ヶ月と変動する賞与もなし、就業開始は年明け。これが今の千鹿子というかたちに、相応の条件なのだろう。

面接からの帰り道、千鹿子は通り沿いの不動産会社の窓に貼り出された沿線の物件情報を見るともなしに見る。自分に相応しい仕事が見つかりそうで、断るにしても自分に相応しい相手から誘いを貰《もら》い、表面的には何もかも順調なのに、足取りはどんどん重くなり、道は狭まっていく。

鞄《かばん》の中でスマートフォンが振動する。画面には〝紀江叔母〟とある。千鹿子は息を深く吸い、耳に当てた。

「シカちゃん……」

半ば掠《かす》れた、聞き様によっては危篤かと疑うような声だ。祈るような気持ちで、思わず拳に力を入れる。駅向こうの通りの先は、埋め忘れた空欄のように建物が途切れ、代わりに土手らしきものが見えている。

「受かった、オーディション……」

拳を天に突き上げて、うわぁ！　と叫び出したいのに声にできず、口からは、う、あ、お、と意味のない音が漏れる。溢れ出る千鹿子の感激を、そのまま受け取ったように叔母が「うあぁぁ」と息をついた。

「受かった、信じられない、受かったのよう……！」

「叔母さんっすごいじゃない！　すごい、ほんとすごいよ」

それ以外の語彙がどうしても出てこなくて、千鹿子は馬鹿みたいに繰り返すしかできなかった。

じわじわと、〝合格〟という事実を飲み込みながら、千鹿子はどこかで叔母の挑戦を信じていなかったことを認める。今さらあの歳で、素人が女優なんて夢物語だろうと、端《はな》から否定的に見ていたから、あんなふうに気楽に練習にも付き合えたのだ。

「ああ、でも研究生って扱いなのよ。補欠みたいな感じで正式な団員じゃないの。やっぱりみんな歳だから、体調不良の人もちらほらいるらしくて。誰かにお迎えが来たら交代ってことで」

気持ちの上ずった叔母の言葉に、千鹿子は不謹慎にも噴き出してしまう。ついでに少し前の、叔母の本気を見くびっていた自分も嘲笑《あざわら》ってやる。「それでも、すごいよ」

「なんかテレビとかも来る記者会見があるんですって。来年新しい芝居でエジンバラ？　の演劇祭に出る計画もあるらしくて」

「エジンバラ……ってスコットランドの？」

「たぶんそう。あ、兄さんや義姉さんたちにも言わなきゃ、内緒にしてくれてたもんね。あとお友達や職場にも……」

叔母が電話の向こうで右往左往している様が見えるようだった。千鹿子が「叔母さん」と話しかけても、しばらく返事がない。数回繰り返し、ようやく「え？」と返ってくる。

「ねえ叔母さん、あの台詞言って。オーリガの、最後の」

遠い昔にもっと絵本を読んで、とねだったときのように言ってみる。

「台詞って、え？　あの、オーディションの？」

戸惑ったような沈黙のあと、叔母は何かを察したのか、コホンコホンと喉を整え始める。窓を閉めたかラジオを消したのだろう、背後の雑音がなくなり、しばらくすると、叔母が静かに「行くわよ」と言った。

『楽隊はあのように華やかに演奏している——あれを聞くと生きたいという気持ちが湧いてくる！　ああ！　それにしても時は流れ、私たちも永遠にこの世を去ることになる。私たちはすっかり忘れ去られてしまう、顔も、声も、何人姉妹だったかってことも。

でも私たちの苦しみは、そのあとに生きる人たちの喜びになるでしょう……』

回線を通して、いつもより一段若やいだ叔母の声を聞きながら、千鹿子は胸の内で、叔母と一緒に覚えてしまった台詞を暗唱する。

『大事な妹たち、私たちの人生はまだ終わってはいない。

生きていきましょう。楽隊はあのように華やかに、楽しげに演奏している――

もう少ししたら、私たちにもわかるような気がするわ、なぜ生きているのか、なんのために苦しむのか……それがわかったら、それがわかったら！』

千鹿子は幻の楽隊の演奏と、自分のローヒールの靴音に追い立てられるようにして、見知らぬ駅の傍《そば》の、川沿いの土手に上がる。まだ陽は高く、間延びしたような雲がゆっくりと対岸の住宅地の上空を横切っていく。少し先にはブランコと雲梯《うんてい》だけのこぢんまりした公園があり、空っぽのブランコが風で微かに揺れるのが見えた。

どうということもない郊外の狭い川原だったが、さざ波が細かく陽の光を反射して金色に光る水面と、その光が透けて見えるススキの髭《ひげ》がひどく眩しかった。海はまだ遠く、大きく蛇行する二級河川の先はまた密集した住宅地へ消えていく。でもそのはるか先のどこかで、同じ金の水はエジンバラにも流れ込んでいる。たぶん。

攻めだの守りだのとどこからか勝手に課された戦いに身を投じるより、千鹿子はこの水を泳ぎたい。いつ、どう泳ごうと、進む先だって風まかせの自分まかせで――。規定コースや効率的な攻略法なんてどうだっていい。チェックボックスやスキル一覧や五段階評価で、

「私を、量るな」

思わず口から出た言葉が、千鹿子を内と外から真っ直ぐに貫いた。

心臓の鼓動と一緒に、自分の声の残響が細胞の一つひとつにまで染み渡り、遺伝情報のように刻まれていくみたいだった。舞台で初めて台詞を発した新人役者も、こんな気分なのだろうか。

なぜ生きて――なんのために苦しんで――どう生きる――？

枠を取り払ったこの世界は、冗談のようにだだっ広い。

コートとスーツのジャケットを脱ぐと、緊張で脇の下にかいていた汗が風にさらされ、一気に冷えた。その分だけ、自分がほんのわずかに軽く、清涼なものになった気がする。

さらさらと体を運ぶ水の流れに合わせるように、千鹿子は知らず笑みを浮かべながら、口の中で何度も繰り返す。

『それがわかったら、それがわかったら！』

第三幕

二年前 ゴールデン・ガールズ

また追い抜かれた。さっきから何人目だろう。

革靴の音を響かせて、背広姿の中年男が、吉松一雄《よしまつかずお》のすぐ脇をすり抜け、ゆっくりと遠ざかる。

一雄は地元の駅へと続く遊歩道を歩いている。特別ゆっくり歩いているつもりもないのに、次々と他の歩行者に抜かされている気がしてならない。今日は何か大きなイベントでもあったろうか、いつもの日曜より人出が多く、皆どこか浮き立っているように見えた。

だいたい今どきの若者はせせこましすぎる。ただでさえ背ばかり大きくてひょろひょろと貧相な体格が多いのだから、もっとゆったり、落ち着いた振る舞いをすべきだ。一雄がぐいと胸を反らせて徐々に歩道の真ん中へ移動すると、背後から突然チリリンチリリンと慌ただしいベルが鳴った。制服の少年の自転車が、傍《かたわ》らをものすごい勢いで通り過ぎる。まるで一雄が障害物か何かのように。

（なんだ、くそ）

一雄はそもそもこんな人が多そうな時間に、繁華街など通りたくなかった。市民センターでプロのトレーナーから無料の体力測定と指導が受けられるらしい、と妻があまりにも熱心に、しつこく誘うものだから、しぶしぶ出てきたのだ。しかもてっきり一緒に行くのかと思っていたら、当の本人はボランティア仲間と先約があると言う。

だったら最初からそう言え、相変わらず説明が下手《へた》くそすぎる、どうして筋道を立てるということができないんだ。

妻には何度となくその人を苛《いら》つかせる話し方を注意してきたが、この三十五年のあいだ一度も改善されることはなかった。ネット通販で買ったという海外ブランドの新しいジャージまでわざわざ用意されていなかったら、一雄は絶対に予定を取りやめていただろう。

こちらにぶつかりそうなほど近くを突然走り抜けていく幼児、それを叱りもせず漫然と追いかける愚鈍そうな母親、やたら声のでかい若者グループは、言葉遣いも下品極まりない。妙ちきりんな格好をしたカップルは互いにべたりと寄りかかり、我がもの顔で歩道をフラフラ蛇行する。そんなくだらない人間たちが、あとからあとから、一雄を追い越していく。いつの間にか前後と上下が入れ替わった異次元で、後ろ向きに、下へ下へとゆっくり落ちていくようだ。

大きな紙袋を三つも四つも肘に下げた小柄で痩せぎすの女が、スマートフォンを操作しながら一雄に向かって歩いてくる。こちらに気付く様子もなく、避《よ》ける素振りもない。

(いい加減にしろ!)

叫ぶ代わりに、一雄は紙袋を蹴飛ばし、わざと女にぶつかった。大きく舌打ちをして、相手を睨《にら》み付ける。三十前後といったところか、気弱そうな目を見開き、女は「すみません!」と慌てて頭を下げた。

「……ったく」

先刻からの、力が徐々に奪われていくような焦りが少しだけ和らぐ。俺は悪くない。悪いのはぜんぶあいつらだ。どいつもこいつも一体どんな育ち方をしたのか。目上の者への敬意や公共マナーもへったくれもない。どうせたいした学もなく、この先もなんら社会の役に立たない人間だろう。そこらの雑草と変わらないような、つまらない存在のくせに。

——そんな奴《やつ》らに、俺はこれからどんどん抜かされていくのか?

ふと思考に割り込んできたものを一雄は必死に追いやり、自分の足場が確かだった企業戦士時代の記憶を辿《たど》る。不安と期待に満ちた部下たちの顔、上司たちの賞賛と信頼、数々の栄光とやりがい……。

――あんな奴ら、人をいないものみたいに――俺を誰だと思ってるんだ――

一雄はまた、焦燥と怒りの渦に巻かれる。頭に血が昇っていくのが目に見えるようだ。脳梗塞はこうして起きるのだろうか。

市民センターの受付で案内されたフロアまで来て、一雄は愕然《がくぜん》とする。会場となる大会議室までの廊下を、わらわらと老人の群れが列をなしていたのだ。これほどの高齢者の集団は、一雄の父がまだ生きていた頃に老人ホームを訪問して以来、久しく目のあたりにしたことがなかった。多くが一雄のように暗い色味のジャージやトレーニングウェアを着ており、白髪《しらが》やごま塩頭、肌の露出した後頭部のせいか、風景が全体的に薄ぼんやりとして見える。列の先には「前期高齢者限定！　健康相談会～生涯現役いきいきライフ～」という立て看板があった。

一雄は妻の説明から、出張ジムのような雰囲気を想像していた。これではどう見ても姥捨《うばす》て予備軍の悪あがきだ。列を誘導する、青いスウェットを着た若い男が

「はーいこちらから二列に並んでくださーい、お手洗いは先に済ませてくださいね

ー」などと子供に諭すような口調で声をかけている。一雄はますます馬鹿にされたような気分になり、そのままやってきた下りのエレベーターで引き返してしまった。

家から着てきたジャージをいまいましく見下ろす。灰色と黒のツートンカラーがなかなか洒落《しゃれ》ていて、海外ブランドだけに見栄えもいいと思っていたが、あの集団を見たあとでは、今すぐ脱ぎ捨てたい。外から見れば自分もあのようにだらしなく緩んでたるんで、薄ぼんやりと見えているのか。自分でも気付かぬうちに、〝老人〟という大きな一つの生物に取り込まれていくようで、一雄はゾッとする。

一階へ降りると、先ほどは気が付かなかった香ばしい匂いが鼻を掠《かす》めた。見れば、昔よく利用したコーヒーチェーンが隅に店を構えている。連日の残業を前に気合を入れるために飲んだ味、紛糾した会議の合間に同僚と一服した思い出などが鮮やかに蘇《よみがえ》る。あの頃の、コーヒーと共にあった自分の周りのくっきりと鋭角的な風景や活力が懐かしい。一雄の足は自然とそちらへ引き寄せられる。

「もしかして、オンダ電工の吉松さんじゃありませんか？」

進路を塞《ふさ》いでいたチビ女を適当に押し退《の》けて通り過ぎようとしたとき、当の女から声をかけられた。

まさかこんなところで知り合いに会うとは。一雄は咄嗟《とっさ》に取り繕おうとしたが、声をかけてきた相手にはまったく見覚えがない。美人というほどではないが、会ったことがあれば忘れないだろう。そう思うほど、溌剌《はつらつ》とした印象の華やかな女だった。

「やっぱり、そうですよね？　驚いた！　たいへんご無沙汰しております」

落ち着いた声や佇《たたず》まいから不惑は越えていると思われるが、明るく染めた髪をふわりと後ろでまとめ、軽く化粧をした艶やかな頬は、一雄の三十代半ばの娘より若々しいくらいだ。白い肌によく似合うオレンジのようなピンクのような色の長袖Tシャツの下には、見事に張り出した乳房の形がうかがえる。下半身は濃い灰色のジャージだが、足首がキュッと細いデザインで、均整の取れたスタイルを強調して見えた。先ほどの薄ぼんやり集団とは大違いだ。

「ええと……失礼だが」

「……KKエージェンシーにおりました、三橋《みつはし》です」

「みつはし？」

KKエージェンシーは確かに一雄が宣伝部に在籍していたとき使っていた広告代理店だ。一雄のサラリーマン人生でもっとも華やかでめまぐるしい時期だった。担当は何度か代わり、やたら図体の大きい体育会系男や、なよなよしたオカマ男だったりした。そういえば若い女のアシスタントがいたような。遠い記憶をたぐっても、輪郭のおぼろな断片しか出てこない。なにせ二十年は前のことなのだ。

「……ああどうも、久しぶり。元気そうで」

「その節はたいへんお世話になりました。すごい偶然ですね。この辺りにお住まいなんですか？　今日はどちらまで？」

　一雄は高齢者限定の健康相談会へ来たとは、口が裂けても言いたくなかった。

「うちは駅と反対側の川沿いの方なんだけど、ぶらぶら散歩がてら、コーヒーでも飲もうかと思ってね」

「そうでしたか。あの、突然こんなことお尋ねするのはたいへん失礼かと存じますが、このあと何かご予定はおありですか？」

「いや、特にないが……」

　どきん、と心臓が跳ねる。何十年ぶりかの、ほのかな甘い予感に、もしやとまさかの狭間《はざま》で心拍数が上がっていくのが自分でもわかった。心筋梗塞はこうして起きるのだろうか。

「もしよろしければ、こちらで私が参加しているワークショップにいらっしゃいませんか？　普段はメンバー限定ですけど、今日は市民参加OKの日なんです。友人を誘っていたのですが、急に来られなくなってしまって。せっかく押さえた枠が勿体《もったい》ないなと思っていたところだったんです。本当に不躾《ぶしつけ》なお誘いで恐縮ですが、こちらでお会いしたのも何かのご縁かと」

　意外な誘いに一雄は少したためらった。だがほんの数秒のことだった。彼女が知り合いであることはどうやら間違いなく、懐かしい時代の思い出話をしたいという気持ちが勝った。ここまでのうんざりするような道のりも、無駄足にならずに済む。一雄が承諾すると、三橋は「わぁ、よかった」と屈託なく喜んだ。学生の頃に戻ったようにむずむずと面映《おもはゆ》い。彼女の表情豊かな瞳から視線を逸《そ》らすと、自然とまたTシャツの胸元に吸い寄せられてしまう。中央には白抜きで「GOLDEN GIRL」と書かれていた。〝GIRL《少女》〟なんて年齢ではないだろうに。だがそれもまた愛嬌《あいきょう》かと思い直す。

三橋に連れられていったのは、先ほどの薄ぼんやり集団のいるフロアから二階上だった。案内板によると大中小のスタジオがある。この市民センターの隣には割と大きな公会堂もあるので、そちらの関係で使用するのかもしれない。

「おぉーい芳子《よしこ》さーん！」

「まだ先生は来てないから大丈夫だよ」

中スタジオの入り口で二人の男が手招きしている。通天閣のビリケンさんのように尖《とが》った禿頭《はげあたま》につり目の、丸々と肥えた男と、深緑色のポロシャツのせいかどこかイタリアの伊達男《だておとこ》を連想させる、気取った雰囲気の男だ。どちらも一雄と同じくらいか少し年上に思われた。

「そちらがお友達？」

「いえ、友人は急に来られなくなってしまって。こちらはむかし仕事でお世話になった方です。下で偶然お会いして、いきなりスカウトしちゃいました」

「さすが芳子さんだねー」

「どうもどうも」

「……吉松です」

男三人で探るような視線を交わしながら名乗り合う。つい「オンダ電工の……」から始めそうになってしまう。会社名も肩書きもない挨拶は、屋根のない家のようで、やはりどこか間が抜けている気がする。

「吉松さん、あなた演劇の経験は？」

「え、演劇？」

ビリケンに尋ねられ、よくよく扉に貼られたコピー紙を見れば、「トーラスシアター　オープンワークショップ」と書かれている。

「やだ私ったら、すっかり肝心の説明が抜けてしまって。失礼しました」

三橋が慌てて説明することには、このワークショップはトーラスシアターという劇団の本格的なレッスンを、今日だけ特別に団員と一緒に受けられる、というものらしい。劇団そのものは県の助成を受けて一年前に設立され、三橋たち三人もオーディションで選ばれた正団員だ。劇団を率いる小巻沢虹彦《こまきざわにじひこ》は県内の生まれで、演劇界では知られた名演出家だという。

「ずっとヨーロッパで活躍されていて、この十数年の間に日本でも知られるようになった方なんです。最近だとXXとか△△△主演の舞台で数々の賞を受けられて……」

三橋が挙げた俳優たちは、一雄でも知っている、大河ドラマや大作映画でも重要な役どころを張るような大御所たちだ。

「『素人《しろうと》中高年のそれまでの実人生が、身体表現と結び付くことによって生まれる新たな演劇の可能性を探る』というのがトーラスシアターの設立理念なんですよ。この超高齢化社会でなかなか意義深いでしょ？」

ビリケンはあたかも自分の功績のように誇らしげだ。

「素人の、中高年で？」

「オーディション時点で五十五歳以上というのが団員の条件だったんです。今日のワークショップも同じで」

「上は九十代までいますよ。ちなみに僕は七十七歳」

ビリケンのあとをイタリアが引き取る。では三橋は、少なくとも五十六歳以上ということになる。一雄は驚いて、無意識にまた彼女の全身を眺め回した。心なしか白抜きの「GOLDEN GIRL」が、さっきより一層突き出て見える。

「素人だけじゃなくて経験者の方もいるんですよ。関西で劇団を主宰されていた方とか、あそこの方はあの有名な劇団・銀漢《ぎんかん》でプロの俳優として舞台に立ってらしたとか」

三橋が示す先には、地肌の目立つ白髪頭と枯れ木のように折れそうな手足が貧相な印象を与える老人がいた。外見に似合わず、周りの人々に荷物を端に寄せるよう大声で指図している。その周りの人々も、なるほど中高年ばかりが集まっていた。ほとんどは五、六十代に見えるが、三橋の例もあるのでもっと上かもしれない。動作や表情に力があり、先ほどの健康相談会のような薄ぼんやりした印象は受けなかった。

ワークショップの講師は小巻沢本人ではなく、ふだん彼の演出補を務める井手口《いでぐち》という中年の男だった。やはり俳優なのか、切れ長の目が印象的な長身の若いアシスタントを手本にして準備運動と簡単な柔軟体操が終わると、全員がスタジオいっぱいに車座になり、自己紹介をすることになった。

「その場で立ち上がって、名前を言いながら手足を使った動きを付けてみてください。ヒト真似《まね》はダメですよ」

井手口が言うと、まずは数人の劇団員が手本を見せた。ビリケンはスクワットしながら片手で自分の頭を撫《な》で回す。三橋は上に伸ばした左手と、前に突き出した右足をくるくると同時に回してみせた。

一般参加者の番になると、気恥ずかしさが前面に出て、顔が引きつり、ぎこちないことこの上なかった。喋《しゃべ》りながら動く、というのも意外と難しく、皆できるだけ簡単な動作で済ませようとする。一雄も例外ではなく、かろうじて右手右足を上げてはみたものの、バランスを崩して不格好にぐらついてしまった。

「じゃあ次は指名していきますので、全員立って。呼ばれたご本人と一緒に、皆さんも同じ動きをしてください」

アシスタントがリストを見ながら次々に名前を呼んでいく。人の動きを真似るのもひと苦労だった。体を意のままに動かすという、生物として当たり前のことができなくなっている。その事実に改めて愕然とする。自分がどんな動作をしたか忘れてしまっている者も多く、そのたびに「やだねぇ忘れっぽくて」「歳取ったたって実感するなぁ」と笑いが起きた。一雄は宿題を忘れた小学生のように、当てられないことを願うだけで精一杯だった。

「次はジェスチャーによる伝言ゲームをしましょう。五列に分かれて、皆さん後ろを向いてください。先頭の方にそれぞれ違うキーワードを与えますから、次の人の肩を叩《たた》いて、体を使ってその言葉を伝えてください。ひと言も発してはダメ、口を動かすのもダメです。僕が合図したら次の人の番です。肩を叩かれるまでは振り向かないように」

後ろを向いている間にも、背後からの気配で参加者たちのもどかしさが伝わってきた。一雄の前の黄色っぽい白髪の男は、首を傾《かし》げながら時間いっぱい四角い枠をいくつも空中に描いていった。窓だろうか、それが並んでいるということは、ビルだろうか。自信が持てぬままに、一雄は同じ動作を繰り返して、次の地味な顔に派手なオレンジ色の口紅がちぐはぐな印象を与える老女に伝えてみた。だが彼女もまったく腑《ふ》に落ちていない様子だった。

結局、一雄たちのチームのお題は「学校」で、当初は誰かが教室の黒板と机を表すつもりでしていた動きが、一雄へ伝わるまでに変化してしまったらしい。一雄のチームだけでなく、どのチームも正答に辿り着くことはできなかった。

その後も番号札を使ったコミュニケーションゲームや幻の大玉を全員で送るといった、およそ芝居とは程遠い、子供向けの遊戯《ゆうぎ》のようなもので前半のレッスンは終わった。年甲斐《としがい》もなく夢中ではしゃぐ他の参加者に反比例するように、一雄の気分は冷めていった。そもそも一雄は演劇には微塵《みじん》も興味がない。

「吉松さん、いかがですか？　楽しんでらっしゃいます？」

三橋が差し出してきたミネラルウォーターのペットボトルをありがたく受け取る。

たいして運動したつもりはないが、気付けばすっかり喉が渇いていた。

「ああ、まぁ物珍しいね。でもこんなお遊戯ばっかりで演技の役に立つの？」

「いやいや、一つひとつのゲームがものすごく奥深いですよ！」

口を開きかけた三橋を遮《さえぎ》り、その向こうに座っていた男がいきなり話しかけてくる。先ほどの伝言ゲームで、一雄の前にいた黄色がかった白髪の男だ。

「幻の大玉送りはどんな大きさか、速さか、皆で共通認識を持てば持つほどそれっぽくなる。伝言ゲームも相手と連想イメージを共有して、それに沿った表現をしなきゃ伝わらない。俳優ってのは演技一つで観客にそうしたイメージを提示して共有させられるわけでしょう。それがどれだけすごいことか、こうしたゲーム一つでしみじみ実感しますよ」

「……連想を共有ねぇ……」

ペラペラとわかったようなことを言っているが、その結果がさっきの無様な伝言ゲームかと言ってやりたかった。三橋が「さすが加藤《かとう》さん、洞察が深いです」といたく感心した様子で相槌《あいづち》を打ったので、一雄は浮かびかけた冷笑を引っ込めた。

「あ、吉松さん、こちら加藤さんです。たまたまなんですが私のご近所さんで。そういえば、お二人は業界が近いから、どこかでお会いになっていたかもしれませんね」

「世間は狭いですからね。加藤と申します。どうぞよろしく」

「吉松です。私はオンダ電工ですが、そちらは……」

一雄ができるだけさりげなく挨拶すると、案の定、相手はぎこちない反応を見せた。嘱託期間を含めた最後の十年間は子会社を転々として過ごしたものの、本社のオンダ電工は、東証一部上場の大企業だ。彼が気後れするのも無理はない。

「……そうですか、それはそれは」

社名を名乗らず誤魔化すということは、ひょっとするとオンダの下請けだったのか。どちらにせよ、箸にも棒にも引っかからない零細企業だったに違いない。一雄は満足して「いえいえ」と頷《うなず》いた。

「私は加藤さんのお店に今もお世話になってますよ。デンデンデンキのカ・ト・ウ〜♪」

「ははは！　それを言うならうちのマンションの住人全員、三橋理事長にお世話になりっぱなしでしょう」

二人は共に駅から程近い高台にあるマンションの住人だと言う。そこは近隣住民なら誰もが知る超高級物件だ。そして何よりも、三橋が口ずさんだ聞き覚えのあるメロディーに、一雄は衝撃を受けた。

カトーデンキと言えば、関東圏を中心に展開する老舗《しにせ》の量販店だった。店舗数こそ多くはないが、早くから新興ＩＴ企業や中国系企業と組んで、ネット販売やプライベートブランド商品の開発に成功し、今ではアジア全域に販路を拡大していると聞いた。オンダ電工でもいくつか共同プロジェクトが立ち上がっていた記憶がある。確か同族企業だったはずだが、加藤姓ということは……。

「か、カトーデンキ様でしたか！　そんな早く言ってくだされば……いやはや、改めてご挨拶させてください、吉松一雄と申します。わたくしオンダは九ヶ月前に定年退職いたしまして、在籍当時も営業や宣伝の部署におりましたもので、開発の方は」

一雄が久方ぶりにビリビリとした緊張を覚えながらひと息に続けようとすると、

「ここでそういうのはよしましょう」

ピシャリと制された。

「せっかく今は会社や肩書きなんかの鬱陶《うっとう》しいしがらみから解放されたんですから。僕はただの加藤要次郎《ようじろう》という芝居が好きなじいさんで、それ以上でも以下でもない。あくまでいち個人として、どうぞよろしくお願いします」

「はぁ……」

一雄は一応頷いたものの、砂粒を飲み込んだような異物感が残った。会社や肩書きこそ、個人の資質の証《あかし》、大きく言えばどう人生を生きてきたかを表すものじゃないか。青臭いことを言っても、カトーデンキの加藤という肩書きで、さんざん個人が享受できる以上のいい目を見てきただろうに。

「そこへいくとこちらの三橋さんなんて立派ですよ。家や会社なんぞに寄りかからず自分の名で勝負して認められてきたんだから。『女だてらに』という言葉は死語かもしれないけど、やっぱり男の知らない苦労があったでしょう」

「そんなにおだてていただいても、何も出ませんよ」

「……自分の名って、KKエージェンシーは……？」

一雄が思わず疑問を口に出すと、一瞬だけ三橋の白い肌に影が差したように見えた。高級マンション住まいも、てっきり財力のある夫がいるのだろうと思っていたが、彼女自身が成功者なのだろうか。

「……オンダ電工さんのお仕事のあとに退職しまして、数年後に起業したんです。でもすごい小さな会社です、加藤さんが大げさなんですよ」

「謙遜《けんそん》だなぁ！　みんな三橋さんのお力を借りたくて……」

加藤がさらに続けようとするのを、講師の井手口の「それでは第二部を始めます」という声が遮った。一雄は内に生じた小さな焦燥と不安の渦巻きを、無理やり抑え込んだ。

ワークショップの後半は、実際に台詞《せりふ》を言ってみたり、短い台本に沿って即興で芝居をしたりするというものだった。今度は二つのグループに分けられ、最初に準備運動の手本を見せたアシスタントが、コピー用紙に印刷された台本を配る。

「お配りしたのはオスカー・ワイルドの『サロメ』の一部です。王女サロメが継父《けいふ》であるユダヤ王へロデの前で舞を踊る代わりに美しき預言者ヨカナーンの首を所望するという、耽美《たんび》にして残酷な芝居です」

井手口の言葉に、台本へさっと目を通すと「キス」「死体」「自殺」などと刺激の強い単語が並び、一雄はギョッとする。ワイルドやサロメという名はどこかで聞いた気はすれど、読んだことも、まして舞台を観たことも、もちろんなかった。

「指示されたシチュエーションで、感情は込めなくてもいいので台詞を言ってください。動作はお任せします。まずは最初の四人、終電の車内のつもりでどうぞ」

トーラスシアターの団員であるビリケンとイタリアがつり革を摑《つか》むふりをすると、他の二名もそれに倣《なら》う。

――サロメ　キスさせて、その口唇に
――ヨカナーン　呪われるがいい、近親相姦《そうかん》の母より生まれし娘よ、呪われるがいい
眠そうなイタリアのサロメと、酔っ払いのビリケンのヨカナーン、それぞれの台詞回しにくすくす笑いが起きた。他の二人も拙《つたな》いながらも、なんとか疲れた様子で台詞を言う。まるでコントのようだった。その後も井手口は各グループに、「コン

ビニ前の不良」「ゴミ捨て場の井戸端会議」と次々しごく日常的なシチュエーションを指示した。

いよいよ一雄と三橋を含むグループの番が回ってくる。井手口の指示は「ラーメン店の厨房《ちゅうぼう》」というものだった。わかるかそんなもん。悪態をつく間もなく、加藤がさっそうと湯切りの動作をする。

――ヨカナーン　私は汝《なんじ》を見たくない。汝を見ない。汝は呪われている、サロメよ、汝は呪われている

――サロメ　わたしはお前の口唇にキスするのよ、ヨカナーン、キスすることになるわ

葱《ねぎ》か何かを刻んでいるのか、包丁を握りながら、三橋が上目遣いに一雄をちらりと見る。

その半開きの艶やかな唇に一雄の視線は一瞬で吸い寄せられて、離れない。

「し、死体をどこかに片付けんとな。王様は死体を見るのがお嫌いだ、自分で殺した死体はべつひゃが」

声が裏返り、舌を噛《か》みながら、〝第一の兵〟役である一雄は幻のどんぶりにスープを注ぎ続けた。

井手口が次のワークとなる即興芝居の説明を始めても、一雄の耳は熱いままだっ

た。「お前の唇にキスするのよ」という三橋の囁《ささや》きを何度も心の内で反芻《はんすう》する。どうぞ、と台本が印刷されたプリント紙を配る若いアシスタントの切れ長の目に見下ろされ、ようやく我に返る。ヨカナーンもこんなふうに、顔立ちが整いすぎて人間味の薄い男だったのではないかと思う。

「……これはトーラスの団員たちがそれぞれ実体験をベースに書いた文章の一部を、僕がシナリオ化したものです。グループで内容が違います。右のグループは登場人物が二人の台本ですので二人ずつチームを組んで、左のグループは三人ずつのチームを組んでください」

一雄は右のグループだった。

「吉松さん、私と組みませんか」

「あ、ああ、お願いしようかな」

すぐ傍《そば》にいたビリケンと加藤の悔しそうな視線を目の端で捉えながら、一雄は三橋と隣り合って壁際に座る。彼女の自分に対する好意は、もう八割がた間違いないのではないか？　思いが高揚し、頬が緩む。女らしい花のような香りが鼻をくすぐる。一雄の老妻からこんな香りがすることは、ついぞなかった。妻が女だという認識もとうにない。

「まず音読してみましょう。〝男〟の台詞を吉松さん、〝女〟の台詞を私でいいですか」

三橋が足を伸ばして壁に寄りかかり、くつろいだ様子を見せたので、一雄もそれに倣う。

——男　この枠を青い色にするようにって、オレ言ったよね？

——女　そのあとに背景色との兼ね合いのご説明をしましたら、ご納得いただいたかと

——男　はぁ？　元の色に戻せとはひと言も言ってないよね？　部長にも青にするって説明してんだから、さっさと修正して

——女　でも、今すぐ入稿しないともう間に合いません。既に四回も印刷所に調整していただいて、今も無理を言ってオペレーターに待機してもらってるんです

さすがに三橋は、ただの音読でも抑揚があって真に迫っている。一雄はつっかからずに読むのが精一杯だった。文字を追うばかりで、内容はほとんど頭に入ってこない。しかし次の台詞を読んだとき、ざらりとしたもので心臓を撫でられたような気がした。

——男　そこ調整すんのがお前らの仕事だろうが！　こっちがなんのために代理店なんかに高い金払ってると思ってんだよ。お宅との契約なんかオレのひと声ですぐ切れんだよ？

——女　スケジュールの件は、当初からかなり厳しいと再三お伝えしたかと思います。こちらとしてもできる限りの調整をしてまいりましたが、これ以上は……

——男　それこっちが悪いって言いたいの？　こっちが悪いから、製品発売日に販促物が一個も間に合いませんって？

——女　そうではありません。間に合わせるために、なんとかご協力いただきたい、と

——男　損害賠償と違約金、とんでもないことになるよ？　あんた責任取れんの？

——女　そんな……！

——男　わかったらとっとと修正して、土下座するなりして印刷所の調整してこいよ。ったく、これだから女は。仕事もできないくせに、口答えばっか一人前でやりにくいんだよ

——女　……すぐに、戻ります……！

投げ出した足の爪先が冷えて、感覚が辿れない。頬から胸まで強張《こわば》り、唾《つば》を飲み込む音がやけに大きく聞こえる。

「みなさーん、シナリオに書かれていない背景を想像してみてください」

井手口の大声に、一雄の肩はびくりと跳ねた。

「登場人物がどんな人間なのか、自由に想像を膨らませて。彼らはどこにいるのか、それぞれの関係は？　状況を相手と相談して、シーンを一緒に作り出してみてください」

三橋はいつの間にか立ち上がり、一雄を見下ろしている。

「次は立ってやってみましょうか。吉松さんはここ、どんな場所だと思います？」

「……これは、その……」

舌がうまく回らない。そもそも何を言うべきか、頭の中は真っ白だ。水のボトルに伸ばそうとした手を慌てて引っ込める。これは休憩のとき、三橋にもらったものだ。

「私は深夜のオフィスを思い浮かべました。女は担当になって日が浅く、男より十歳ほど若い。徹夜続きでとても疲れていて、まともな食事もしてないから少しフラフラしてる……」

目に見えない無数の小さな針に、全身が隙間なく囲まれているような気分だった。少しでも動けばたちまち針がぐさりと皮膚を貫く。唾を飲み込むこともままならない。促されてもう一度通しで音読をする間、一雄は体にも声にもまったく力が入らなかった。三橋は一雄よりさらに弱々しい声で、台詞を言いながら手元や口元を震わせる演技までしてみせた。

順繰りに各グループの読み合わせをチェックしていた井手口が、一雄たちのところに回ってくる。

「三橋さん、最後の台詞のあと、女はどんな動きを見せたと思います？　演《や》ってみて」

三橋は瞬時に「……すぐに、戻ります……！」と言いながら、目元を押さえ、肩を狭めて小走りに去る。一雄はかつてこんな後ろ姿を見たのだろうかと、思い出そうとする。だが二十年前の三橋をどんなに想像しようとしても、できなかった。

数メートル先で立ち止まっていた三橋が、両手に何かを抱えて――正確には、抱える真似をして、再び小走りに戻ってくる。演技はまだ終わっていなかったのだ。視線はひたと一雄を見据え、肩で息をしながらその幻の何かを思い切り振り上げ、渾身《こんしん》の力でスウィングした。一雄の顔のすぐ傍を、三橋のいい香りのする微風が掠める。だがその形相は、ホラー映画の殺人鬼のように歪《ゆが》んでいた。

「いいですねー、面白いスラップスティックができそう」

井手口が手を叩いて褒めると、三橋は照れくさそうに微笑《ほほえ》んだ。その落差に、一雄の背を冷たいものが落ちていく。

「椅子を振り上げたつもりだったんですが、伝わりましたでしょうか」

「ええ、この前のエチュード《即興劇》が生きてましたよ。本物の重量が感じられました」

井手口は一雄の方に向き直り、「じゃあ今度は、男女逆転してやってみましょうか」さらりと言った。

「……え？」

「吉松さんが〝女〟役をやるんです。三橋さんの演技を真似る必要はありません。役になりきって、三橋さんの〝男〟に対峙《たいじ》してください」

なにを、ばかな——言葉は喉の奥に引っかかったまま、傍目《はため》には緊張した一雄が奇妙な音を発しながら、微《かす》かに頷いたように見えただろう。一方で三橋の瞳はらんらんと輝き、頰は紅潮していた。内側から抑え切れずに放出される力が、彼女を一層若々しく、美しく見せている。

台詞の文字を辿る間、一雄は顔を上げることができなかった。三橋は女にしては低めの声にさらにドスを効かせて、驚くほど下卑《げび》た話し方に変わった。身長は一雄の方がずっと高いはずなのに、三橋の発する一語一語が、上から押さえ付けるように頭の上で響く。

「そこ調整すんのがお前らの仕事だろうが！」

野蛮でひどく攻撃的な本物の怒鳴り声に、すぐ傍で練習していたグループがハッとして振り向いたのがわかった。

「……スケジュールの件は、当初からかなり厳しいと……」

こんなのは、恫喝《どうかつ》以外の何ものでもない。俺は本当に、彼女にこんなことを、こんなふうに言ったのか？　もしそうだったとして、彼女は今になって何がしたいんだ？　こんな回りくどいやり方で……。

この場を立ち去る適当な理由を思い付けず、じりじりと追い詰められていく一雄のか細い声やたどたどしい物言いは、皮肉にも場面にマッチし、真に迫って聞こえた。いつの間にかスタジオ中の参加者が練習をやめて、二人の演技に注目している。

「三橋さん、今のところもう一回、このノートの表紙をバンと叩きながら言ってみて。吉松さん、台詞は今の感じでいいから、話しながら一度は三橋さんの顔を見るように」

井手口が素早く自分のノートを三橋に差し出しながら言う。

「なんのために代理店なんかに高い金払ってると思ってんだよ！　お宅との契約なんかオレのひと声ですぐ切れんだよ？」

バシン、と叩かれたノートは、思いのほか大きな音を立てた。否応《いやおう》なく一雄の心臓は縮み上がる。三橋が台詞を言うたびにバサバサと揺さぶられたノートが、今にもこちらに叩き付けられそうだ。

「こちらとしてもできる限りの調整をしてまいりましたが、これ以上……」

「こっちが悪いって言いたいのか⁉」

一雄の台詞が終わらないうちに、三橋は噛み付くように激昂《げっこう》する。

「……そ、そうではありま……」

そのとき井手口に促され、慌てて台本から顔を上げた一雄は戦慄《せんりつ》する。

三橋は艶やかな唇を歪めながら、しかしその目に怒りはなかった。代わりにあったのは、今にも笑い出しそうな喜び——少なくとも一雄にはそう見えた。自分より弱い者を見つけた興奮、自分が絶対的に強いという優越感と万能感、さあどうやって叩き潰そうか——その表情は、絶望を覚えるほど恐ろしかった。「GOLDEN GIRL」が目の前に立ちはだかる。経験したことのない、本能的な恐怖が一雄の心臓を握り潰し、思考を奪う。膝下から力が抜けていく。

(もうやめてくれ、帰らせてくれ)

今や演出家魂に火がついた井手口が、非情に告げる。

「『すぐに戻ります』以降もアドリブで、僕が合図するまでできる限り続けてください」

三橋は頷くと、いきなり一雄に向かって大きく舌打ちした。

「——わかったらとっとと修正して、土下座するなりして印刷所の調整してこいよ。ったく、これだから女は。仕事もできないくせに、口答えばっか一人前でやりにくいんだよ」

一雄が半ば本気で立ち去ろうとすると、三橋が「あーちょっと待て！」と叫んだ。

「あーあー、すぐそうやって泣けばいいと思って。言っとくけどオレに泣き落としは通じないから。行き遅れのブスの涙なんて誰も見たくないよ」

スタジオのどこからか、クスクス笑いが漏れた。何がおかしいというのか。

「……泣いてなんか……」

「そうだ、印刷所の担当にはおっぱい触らせてみな？　な？　そうしろそうしろ。おっぱい以外あんた取り柄ないんだから、せいぜい活用しないと。じゃあ頑張って調整してきてね」

あまりにも一方的で、言い合いにもならない。一雄はもう三橋を見ることができなかった。だいたい顔やら胸やら、仕事にはまったく関係ないじゃないか。理不尽すぎて言葉にならない。

「……な、なんなんだ、そんなの……」

苦し紛れに、カラカラに渇いた口を開いても、一つも意味のある単語が出てこなかった。

「は？　何まだ口答えすんの？　こうしてる間にもムダに時間が経《た》つんだよ？　そんぐらい、いい加減わかんないかなぁ。なぁ⁉」

上昇する高速エレベーターのようにどんどん声を荒らげられると、怒りを感じる前に恐怖に飲まれる。論理的に反論しようにも、頭の中が真っ白になり無力感に支配される。黙り込んでただ力なく立ち尽くす一雄を見下ろす三橋が、薄ら笑いを浮かべているのは、見なくてもわかった。

井手口がパンパン、と大きく手を叩く。

「とってもよかったですよ！　二人とも素晴らしい！」

固唾《かたず》を飲んで一雄たちを見つめていた参加者たちからも、ワッと拍手が上がる。

「これが〝芝居の呼吸〟です。ただ順番に自分の台詞を並べるだけじゃなく、相手の演技に反応する、そこに唯一無二のリアリティが生まれる。初心者にはなかなかできないことです。吉松さん、本当に演技経験ないんですか？」

一雄が曖昧に頷くと、三橋も「すごいです！　驚きました」と笑った。

「三橋さんがうまくリードしたのも大きかったです。台詞回しもテンポもいいし、なかなか迫真の演技でしたね。身近にいいお手本があったのかな」

「芳子さんがあんな下品な物言い、ちょっとこれから見え方が変わっちゃうねー」

ビリケンがちゃかすと、三橋は「いやだっ」と慌てて顔の前で手を振った。

「あれはあくまで演技ですよ。いろんなところで見聞きした人を参考にしたり、テレビで見たり、想像したり、です」

井手口の指示で、他のグループも役を入れ替えて練習を続けることになった。いくつもの台詞の声が重なり、さざ波のようにスタジオを満たしていく。

「私たちは少し休憩しましょうか」

三橋に促されても、一雄はその場でしばらく動けなかった。ずっと握っていた掌《てのひら》が強張っている。なんとか指を開くと、ひどく汗ばんでいた。

「……どういうつもりだ」

ようやく言葉を発することができたが、一雄の言葉は台詞のさざ波にさらわれ、あえなく沈んでいく。

「吉松さん、どうされました？　どこか具合でも？」

三橋が一雄に触れんばかりに傍に寄ってくる。相変わらずいい匂いがする。

「……あんた、何がしたい……？　今さら、あんな……」

三橋は黙ったままだ。二人の距離が近すぎて、一雄は顔を上げてその表情をうかがうことができない。また何かとてつもなく恐ろしいものを見てしまいそうだった。

「あの頃は……あれくらい普通だった、そうだろう？　どこも忙しかったし、納期も厳しくて……」

不気味な沈黙は、それ自体が質量を持っている。いい匂いのする、しかし得体の知れない、どれだけ大きいのかもわからない生き物が、闇の中をゆっくりとこちらに手を伸ばしてくるような。三橋は静かに話し始めた。

「自分に絶対に逆らえない者を痛め付けるのって、あんな気分なんですね。後ろめたさを超えられれば、気持ち良さすら感じるようになる……」

一雄はあの瞬間の、三橋の凄絶《せいぜつ》な表情をまざまざと思い出す。瞳にも頬の色にも力が漲《みなぎ》り、この上ない悦びに溢《あふ》れていた。

「……でも、反吐《へど》が出ます。あんなものに浸って、相手の尊厳を踏みにじるような真似、私は人間として絶対にしない、したくない」

語尾がわずかに震えたのを、一雄は聞き逃さなかった。

「お、俺がそうだって言いたいのか？」気負って開いた口から唾が飛んでいく。

「なんなんだ！　今ごろになっていきなり現れて、何十年も前のことを、こんな回りくどいやり方でっ」

「……声を荒らげれば、女は怖がると？」

正面から向かい合うと、先ほどまでとは打って変わり、冷たい夜のように静かな瞳に射すくめられる。

「まあ怖かったですけどね。怖くて怖くて、自分の心臓の音で眠れなくて、体重が十キロも減って、辞めたあとも二年くらいまともに働けなかった。怒声や舌打ちが聞こえると、どこであってもあなたのことを思い出して、うまく呼吸ができなくなりました」

あらこれじゃ愛の告白みたい、と、このタイミングでおどける三橋が信じられなかった。

「……謝れば、気が済むのか？」

三橋はしばらく黙り込み、首を傾げる。それが否定の意味なのかはわからない。

「自分でもどうしてあのとき吉松さんに声をかけたのか……信じられないかもしれませんが、あのシナリオが今日のレッスンで取り上げられるのも、知らなかったんですよ」

数メートル離れたところで、〝女〟役を演じているのだろう、加藤が「そんな！」とひどく気持ちの悪い裏声で叫んだ。

「昔はずっとこんな瞬間を夢見てました。社会的にも、人間的にもずっと強くなって、再会した吉松さんを完膚なきまでに貶《おとし》めてやるって……」

それはある意味で叶《かな》ったことになる。皮肉なことに罵声を浴びせ、浴びせられたのは、入れ替わった互いの〝役〟としてだったが。

「でも、もっと大事なものや、心を尽くすべきことがたくさんできて、復讐《ふくしゅう》の気持ちは長く続かなかった。正直、ああして文章にするまで、あなたの記憶はすっかり薄れてました」

「……じゃあ……」もういいんだな。一雄が言うより、三橋の半ば独り言のような

「でもそれはただ、遠ざかっていただけ」という呟《つぶや》きの方が早かった。

「決して忘れたわけではなかったと、よくわかりました。罵りも、性的な視線も、〝私〟が奪われていくような感覚も——吉松さんはよく覚えておられなかったようですが、私にとっては、去年の出来事くらいには鮮明でしたよ……」

背後ではアドリブにさしかかり、〝男〟となった女たちが、三橋ほどではないにしろ、ひどい蔑《さげす》みの言葉を〝女〟である男たちに叩き付けている。心なしか、その声は台詞を話すより生き生きと力強く、楽しそうだった。

「記憶の中のあなたは、決して太刀打ちできない、絶望するほど大きな力を持っていた。あなたの声だけで、体が恐怖でいっぱいになるんです。でも自分のありようが変わって、いま改めて見たら、あなたが纏《まと》って、驕《おご》ってたものは、何一つあなたのものじゃなかった。本当のあなたは、あまりにもちっぽけでした」

「な……!」

三橋は唐突に笑い声を上げた。でもその顔は、朗らかとは程遠かった。そこになみなみと満ちていた感情を、一雄はこの先も決して知ることはない。

「ねえ吉松さん。私、今夜はとっておきのお酒を開けようと思います。怖いものがこの世界から一つ消えた記念にね。そしてあの頃の自分とか、若い女というだけで侮られてる、世界中の女の子に献杯します。『本当の強さはあなたたちのものよ、侮ってる人たちよりはるかに上等で、すごい力を持ってる』って。これからも、何度でも、いろんな形で伝えて、全力で応援していくつもりです」

その後どのようにしてワークショップ会場をあとにしたのかわからなかった。

気が付けば、一雄は数時間前に歩いていた遊歩道を、地面の硬さを感じられないまま、とぼとぼと進んでいる。頭では繰り返し三橋の言葉が反響していたが、怒りを募らせようにも、その気力もない。

往《い》きは人々の背を眺めながら一人底へ向かって落ちていくようだったが、今は人々が一斉にこちらへ向かってくるようだ。しかしどんなに近付いても、一雄は決して彼らの視界には入らない。せいぜいが路傍の小石。一歩進むごとに、自分という存在がどんどん薄まり、透けていく。もしかしたらもう長い間ずっと、一雄は皆が見ている世界の、どこにもいなかったのかもしれない。

視線の先に、携帯電話を肩と耳の間に挟みながら、タブレットをせわしなくスクロールしている黒いスーツ姿の女がいた。体を傾けた拍子に、肩にかけていたバッグからペットボトルやら折り畳み傘やらが次々に落ちる。一雄は真っ先に駆け寄り、それらのものを拾ってやった。

（ありがとうございます）

眉間に皺《しわ》を寄せ、「はい……はい、おっしゃる通りです」と電話で話す合間に、女はそう唇を動かした。申し訳なさそうに俯《うつむ》いた青白い瞼《まぶた》が、むかし一雄が相対していたはずの若い三橋のイメージに重なる。

——自分の心臓の音で眠れなくて、体重が十キロも減って

当時の一雄には、そんなひどいことをしている自覚はなかった。あくまでクライアントとして下請けに接していただけだ。後あとまで引きずるほど傷付けるつもりなんてなかった。

(俺はただ、必死で仕事をしていただけなんだ)

脳裏には今にも嗜虐《しぎゃく》の悦《よろこ》びに歪んだ醜悪な自分の顔が見えてきそうで、一雄は無意識に首を振った。

目の前の女の肩に、パンパンに膨らんだバッグの持ち手が強く食い込んでいる。一雄は衝動的にそのバッグを持ち上げる。電話帳でも入っているのか、予想以上にズシリと来る。女が驚いて一雄を見上げた。娘よりいくぶん若いだろうか、小さな体にこんな重いものを。刹那《せつな》、その健気《けなげ》さに打たれた。

女の身で大変だな——頑張ってるんだな——疲れただろう——そんな憐《あわ》れみを、見返す眼差《まなざ》しに込めたつもりだった。三橋や妻や娘や、数多《あまた》の、一雄がこれまで向き合うことも想像してこなかった女たちの分も、埋め合わせたかった。

「ちょっ……なんですか？」

　バッグが腕から離れる寸前で、女は持ち手を摑み、自分の方へ引き寄せる。はずみで、一雄の体がわずかに傾く。

「いやあの、電話のあいだ持って……」

「やだやめて、離して！　誰か――！」

　女が叫び出す寸前で、一雄は慌てて手を離す。近くを歩いていた女たちが「どうしたんですか？」と駆け寄ってきた。

「この人が、いきなりバッグを」

　二人の学生風の女はスポーツでもやっているのか、揃いのパーカー越しにもわかるほどかなりがっしりした体格で、一雄を一瞥《いちべつ》し、自分たちより弱いと判断したのがすぐにわかった。瞳にあからさまな軽蔑の色を浮かべ、女と一雄の前に立ちはだかると、「何してんですか」と凄《すご》む。捕食者に牙を剝《む》かれた小動物のように、一雄は身をすくめる。誤解なんだ、荷物が重そうだったから、持ってあげようとしただけだ。そう反論したくても、声が出ない。冷静になってみれば、自分でも不自然な行為だったと思う。「違う」と小さく言うのが精一杯だった。

「警察呼びますか？」

「……ちょっと急いでるので大丈夫。ありがとうございました」

スーツの女は二人にぺこりとお辞儀をして足早に立ち去る。残された二人の女たちは一雄を改めて睨み付けると、行っていい、と言う代わりに顎をしゃくった。まるで野良犬に合図するみたいに。こんな小娘たちにこんなふうに扱われる、その程度の自分。怒りを覚えるより、ショックの方が大きかった。

一雄は震え出しそうな足をなんとか一歩一歩動かし、そこから離れた。

数日歩き続けたようにひどく消耗していたが、いつもなら老妻に開けさせる玄関を、一雄は自らの鍵を使って開けた。そうしなければならないと、どこからともなく聞こえる声が一雄の一挙手一投足を監視し、責め立てる。

「——隙あらばバカにされて、毎日限界だと思うわよ、実際——」

妻は奥のリビングのソファに、こちらに背を向けて腰掛け、スマートフォンを耳に当てている。話している相手の声も微かに聞こえる。隣の市に一家三人で暮らす娘のようだ。

「——だから今日だって無理やり外出させたんだもの。じゃなきゃ息が詰まって詰まって」

ただいま、と慣れない言葉を思い切って言うところだった。慌てて口をつぐむと、だぁ、と奇妙な音が鼻へ抜けた。

「うん──うん、ありがとうね。ちゃんと読みました。退職金も年金も、財産分与の対象なのね──ええ、計算してみたわよ、家の査定と合わせて。確かに離婚してもなんとかなりそう──ああだから、それはいいのよ。これからハナちゃんの学費だってかかるし」

思考に感情が付いてこない。自分はこの状況をどう捉え、どう感じればいいのかもわからない。こんなところにも透明化の兆候がある。

青天ならぬ荒天の霹靂《へきれき》……とどめの一発……虎口の虎も竜穴の竜もメスだろう……。無意味な思考の断片がバラバラと一雄の中でこぼれ落ちていく。その間も妻は話し続ける。墓のこと、金のこと。足元から地面がひび割れ、崩壊する寸前で、みしり、と古い家の床が鳴った。妻がゆっくりと振り向く。口元は笑っている。

「あら、お父さんが帰ってきた。じゃあもう切るわね」

妻はサイドテーブルにそっとスマホを置き、「おかえりなさい」と背中越しに言うと、読みさしの雑誌を手に取る。まるで何ごともなかったように。先刻のあれは幻聴だとでも言うように、一つひとつの動作が日常そのものだった。いや、妻にとっては娘と離婚後の生活を相談するのが本当に日常なのかもしれない。一雄には既に問い質《ただ》す気力すら残っていないことも、すべて見透かされている気がした。

「俺は……もう、遅いのか……？」

「何がですー?」

のんびりと答える妻は、雑誌から顔を上げようとしない。

「……謝れば、いいのか……?」

「だから何をー?」

「わかってるんだろ?」

「話の筋道がわかりませんよ。あなたいつも私に注意してるじゃないですか」

テーブルの上のスマホが震えた。妻は画面を確認し、おもむろに一雄の方に向ける。

「あなたを気にかけてくれる人なんて、今やハナちゃんくらいでしょう」

家族で緊急時用にグループを作っているメッセージアプリだった。新着の吹き出しには、「ばーば　じーじまたあそぼ　はな」とある。間もなく小学生になる孫の華笑《はなえ》は、しょっちゅう親のスマホで文字を打ちたがるのだと、娘が以前話していた。

その無機的な吹き出しは、天からカンダタの前に垂らされた、一本の蜘蛛《くも》の糸のようだった。細く頼りなく、風に揺れるたび、一閃《いっせん》して空へ飛んでいってしまいそうな。

一雄はいま初めて自分という男と同じ存在として〝女〟という他者を認識した。一人ひとり、その内部に、他人が決して知り得ない深淵《しんえん》を持った存在。女たちの深淵など、一雄には想像もつかない――。

だが彼女たちは、男たちが支配するこの社会で、何十年も何百年も息を潜め、観察してきたのだ。男たちが何を考え何を思い、何に苦しみ、何を喜ぶかを。時に自らをその社会へ適応させ、あるいは争って砕け散りながら、虎視眈々《こしたんたん》と、男たちの世界を見つめ、機会を窺い続けてきた。

——お前の唇にキスするのよ

サロメがキスするのは、斬首《ざんしゅ》されたヨカナーンの首だ。

いまや一雄の背後には、「GOLDEN GIRL」ならぬ、金の甲冑《かっちゅう》を纏い、男たちの首を載せるための盆を捧《ささ》げ持った女たちが、幾重にも列をなして迫ってくる。硬い大地を力強く踏み鳴らす足音が重なり、一つの大きなうねりとなった行進は、もう止まらない。

第四幕

一年前　なつかしい夕映え

カンカンカン――耳に張り付く警報音に続き、地鳴りのような轟音《ごうおん》が次第に大きくなり、耳の奥まで揺さぶられたかと思うと、またあっという間に小さくなっていく。

十分に距離はあるが空間を裂くような音の量に、長島博史《ながしまひろし》は言い知れぬ不安を掻《か》き立てられる。何かとても大事なものに、置いていかれてしまったような――。

「最終電車が出たみたいだね」

不安の種が芽吹く前に、傍《かたわ》らで文旦《ぶんたん》を剝《む》いていた妻の和子《かずこ》に話しかける。

食卓の電灯の下で、果実の黄色い表面が人工物のような模様を描いて浮き上がり、ゆらゆらと蠢《うごめ》いているように見えた。

「あらそうですか？　こんな時間に？」

「うん、海側へ向かう下り電車だよ。音の方向でわかる」

「……先生はご結婚当初、I市にお住まいだったんでしたね。むかし友人と一度だけI山の紅葉を見に行きました」

和子がいた場所に、いつの間にかヘルパーの佐久間《さくま》さんが座っている。少年のように短い髪が、耳の上で少しだけ跳ねている。いつも肩までの白髪《しらが》をぴっちりと後ろで結っていた和子とはぜんぜん違う。

耳に残っていたはずの終列車の音は跡形もなく消え、初任給で借りた線路近くの小さなアパートから、いくつもの時空を飛び越えて、博史は突然〝此処《ここ》〟にいる。かつての寝室くらい広い台所の窓の向こうには夜の帷《とばり》が下り、しんとした坪庭が見える。佐久間さんに差し出された文旦の果肉は艶やかに輝いて、口に含むと瑞々《みずみず》しい甘さが弾《はじ》けた。

「明日は土曜だからシュンさんが来てくれる日ですよ。楽しみですね」

博史の脳裏に幼い孫のすべすべした丸い頬が思い浮かぶ。それが抱っこをする博史の肩にふにゃりと押し付けられて、幸福で胸がいっぱいに満たされる感触も。

「そうだったそうだった。あの空色の……あれはどこに仕舞ったかな」

駿《しゅん》は放っておけばいつまでもオモチャの〝あれ〟を片手に掲げて庭先をよちよち歩きながら、ぶぅーんぶぅーんと遊んでいるのだ。自分が乗るのでもなく運転するのでもなく、物体そのものになるという子供の発想は、見ているだけで微笑《ほほえ》ましい。

〝あれ〟の名前が思い出せないまま、博史は浮かれる気持ちが抑え切れず、立ち上がって「レシート類」「保険証・手帳」などとラベルの貼られたひきだしを一つひとつ開けてみる。

ない。ない。ない――はて、〝あれ〟はどんな形をしていただろうか。何度もひきだしの中身を出し入れしながら途方に暮れていると、佐久間さんに「帰るまでに探しておきますから」とそっと諫《いさ》められた。再び食卓の椅子に座り、文旦の皿に向き直る。

「でも駿さんは、きっと〝あれ〟よりお料理されたいんじゃないですか」

「――ああ、それもそうか。よし、あの子の包丁とエプロンを出しておこう」

「私がちゃんと今夜中に用意しておきますからね」

料理研究家で、自宅で料理教室も開いている妻の最年少の生徒、そしてアシスタントが駿だった。三角巾とエプロンをきちんと身に着け、にんじんを「じんじん」と呼んでしまう小さな料理人は、生徒さんたちの間でも大人気だ。

「この間お裾分けいただいた洋梨のパイも本当に美味《おい》しくて。うちの夫も娘も『お店で買ったものみたい』って大喜びしてました」

「洋食はもう和子より駿の方がうまいかもしれないね」

「長島先生はお幸せですね。配食に加えて毎週あんなに豊富な作り置きのおかずを、駿さんが手作りしてくださるんだから。初めてお会いしたときよりずっと生き生きと健康になられて、私たちも嬉《うれ》しいんですよ」

「駿はあれの母親に似て、とても優しい子なんだ」

どれだけ親バカ、ジジバカと言われようと構わない。止まらない誇らしさと嬉しさが、博史の顔を緩ませる。

帰宅前の佐久間さんにスマートウォッチのアラーム設定と充電を確認してもらい、博史は幸せな眠りについた。明日は、駿に会える。


玄関を開けると、人懐っこい大きな目をした、線の細い男が立っていた。顔の半分は白いマスクに覆われている。背後には長身の、こちらは黒いマスクを着けた男が、たくさんの食材や荷物を抱えている。

「おじいちゃん、おはよう！」

大きな目の方が白いマスクを取って笑う。

「……駿くんか⁉」

一体どういう手品か、博史の目の高さに駿の胸元がある。

丸かった頬は鋭角の線を描き、肩幅も大人の男のそれだった。博史は長く中学の校長をしていたので、この時期の男子の成長スピードには慣れたつもりだったが、まだまだ驚かされる。

「こんなに大きくなって！　いやぁびっくりした、久しぶりだね」

「――うん、元気だった？」

「ああわたしも和子も元気だよ。おぉーい！　駿くんが来たよー」

すぐに返事があるかと思ったら、廊下の奥はしんと静まり返っている。そういえば、いつもなら朝からパタパタと台所を行き来する妻のスリッパの音が、聞こえなかった。ずいぶん長いあいだ聞いていないような気もする。

「まだ早いから、おばあちゃんは寝かせておいてあげようよ」

「朝ご飯にお弁当持ってきたんで、先に食べませんか」

背後の子が駿の頭の上から顔を覗《のぞ》かせるようにして言う。恐ろしく低いが、マスクを通してもよく響く声だ。変声期がよほど早かったのだろうか。

「駿くんの学校の友達かな？　大きいねぇ」

博史が尋ねると、彼は黒いマスクをさっと外し、お手本のように折目正しいお辞儀をした。

「セノウダイキです。今日はお邪魔します」

「ダイキくんか、よく来たね。さ、上がって上がって」

二人が持ってきてくれたプラスチックの弁当箱には、大葉としらす干し、梅おかかの二種のおにぎりと、鰤《ぶり》の煮付けにおひたし、卵焼きが入っていた。駿が台所で手早く作った豆腐とわかめの味噌汁《みそしる》も、妻と同じ味がしてとても美味しい。

「前に料理教室の生徒さんと皆でお弁当を持って、河川敷でお花見をしたなぁ」

「おかずもおにぎりも多すぎて、隣の隣のグループの人にまで配ったよね」

「またいつか行けるといいが……」

眩《まばゆ》い陽光を浴びた桜並木を見上げる駿のつむじの辺りに、桜の花弁がくっついている様を昨日のことのように思い出せる。陽《ひ》に温《ぬく》もった柔らかな髪に手を置いたまま、取ってしまうのもなんだか勿体《もったい》ないような気がしたものだ。

「行こうよ、佐久間さんや看護師さんたちもみんな誘って。おじいちゃんとダイキの好きなものたくさん作るよ」

「今日天気いいから河川敷の方まで散歩してくれば？　その間に網戸の修理と雨樋《あまどい》の掃除はしておくから」

早々に食べ終えて、持ってきた道具の点検をするダイキの顔を、駿が覗き込む。

「いいの？」

「お祖父《じい》さんとゆっくりしてきなよ」

「君が修理や掃除を？　そんなことができるのか？」

「業者で長くバイトしてたんで、大抵のことはできますよ」

ダイキは筆で引いたような切れ長の目をさらに細くして微笑む。〝バイト〟とはなんのことだったろうか。いずれにせよたいした少年だ、と博史は思う。

久しぶりにゆっくりと味わう冬の外気が心地いい。目元以外の部分は、駿によってあれもこれもと着させられた防寒具とマスクにすっぽりと包まれているので、ホッとするような暖かさだ。殊に駿がプレゼントだと言って被《かぶ》せてくれたウールの帽子は、薄くなった頭頂部も痒《かゆ》くならず、ふわりと軽くて快適だった。

「夏でもないのになんでそんな変な眼鏡《めがね》をかけるんだ？」

駿はマスクをした上に薄く色の付いた大きな眼鏡をかけていて、まるで犯罪者か芸能人のようだった。

「誰も僕だとわからないように、かな」

「それじゃ駿くんに会いたい人が困るだろう。わたしも困るよ」

博史の言葉に、駿は一瞬途方に暮れたような顔をした。

「じゃあやめとくね」

眼鏡を外すと、人懐っこい大きな目を眩《まぶ》しそうにしかめた。体がどんなに大きくなっても、目元は小さな頃の面影を一番残している。博史はそれが見たいのだ。

河川敷までの道は博史が案内した。車通りの多い国道を通るわかりやすいルートではなく、妻とよく散歩した静かな住宅街を抜けていく。道中、見晴らしのいいこぢんまりした公園や、手入れされた庭木が素晴らしい家々、一見すると普通の一軒家だが植木の載った看板が目印の喫茶店などを駿に教えてやる。駿は興味深そうに博史の説明に耳を傾けるが、時おり表情が消える瞬間を、博史は見逃さなかった。遠い日にもこんな顔を見た気がする。

ようやく河川敷まで辿《たど》り着くと、一番陽の当たっているベンチに二人で腰を下ろした。こんなに歩いたのも久しぶりで、座ると一気に力が抜ける。駅に程近い下流の方には遊具がブランコと雲梯《うんてい》くらいしかないささやかな児童公園があり、子供の声が時おり聞こえる。風は冷たいがそれほど強くなく、川面《かわも》も穏やかだった。博史は水の匂いをゆっくりと吸い込む。

「駿くん、学校で何かあったのか？」

博史の言葉に、駿は目を瞠《みは》る。なんだか愉快な気持ちになる。自分もまだまだ若い人を驚かせることができるのだ。

「わかるよ。なんせ君の祖父ちゃんは教師歴四十年だからな」

駿は「やっぱりサングラスかけとけばよかった」と笑う。呼応したように、群生するセイタカアワダチソウの枯れ穂が揺れた。

「勉強が大変なのか？」

「ううん、勉強は好きだよ。ちゃんと結果も出せてたし」

「誰かにいじめられたのか?」

駿が持参した水筒から、カップにあたたかいお茶を注いでくれる。博史はゆっくり息を吹きかけて冷ましながら、孫が話し出すのを待った。

「必要があって、信頼できるじょうし……じゃないや、先輩に、あること、、を打ち明けたんだ。とても個人的で、でも僕にとっては大事なこと。そしたら他の人にも勝手にバラされた」

緑茶はちょうどいい濃さで、程よい運動をしたあとの喉を潤し、腹の中をあたためてくれる。駿も同じように息を吹きかけてひと口飲むと、大きなため息をついた。疲れの滲《にじ》んだ、大人の男のような仕草だ。こんなところに成長の片鱗《へんりん》を見出《みいだ》すのもおかしいけれども。

「それからいろんな人に、あからさまに避けられたり、逆に根掘り葉掘り、プライベートを詮索されたり、あと面倒くせえって顔されたり。いじめと言えるのかどうか、一個一個はとても些細《ささい》なことなんだけど、積もり積もるとね」

「大きかろうが小さかろうが、苦しいものは苦しいだろう……辛かったね」

駿は黙って頷《うなず》く。

たいしたことない——大丈夫——ちょっと遊んだだけ——加害児童も被害児童も教師たちも、ことをできるだけ小さく伝えようとする傾向がある。ある種の後ろめたさや自己防衛本能の裏返しなのだ。

「変なのは、僕のあることを知った途端に、これまで普通に接してた人たちがそういう態度を取り始めたってことで。おかしいよね、僕という人間は一ミリも変わってないし、仕事のパフォーマンスにもまったく関係ないことなのに」

駿は興奮してか、話しながらどんどん早口になるので、博史は単語の意味を一つひとつ把握するのがなかなか追いつかない。

「ぱふぉー……？」

「あ、勉強。いや成績！　成績のこと！　あと、学校生活全般というか」

「ふうむ……彼らには何か誤解があるんだろうか」

「誤解というより、無知から来る偏見かな。このカテゴリの人はこうに違いない、みたいな馬鹿馬鹿しい決め付け。そういうのが嫌だから、できるだけ誰にも言いたくなかったのに」

「へんけんか……へんけんは、厄介だな。わたしたち教師も気付かない間に囚《とら》われてしまうことがある」

教師として校長として、子供たちの間のいじめや諍《いさか》い、保護者との軋轢《あつれき》に対応してきた博史には、たくさんの思うところがあった。だが思考のあちこちが虫に喰《く》われたように、これという言葉が出てこない。ゴールの周りをぐるぐると巡って、いつまでも迷路に翻弄《ほんろう》される、哀れなモルモットを思う。

「わたしたちにとっては、どこにいようと、何をしてようと、駿くんは駿くんだ。絶対に味方がいるということだけは、頭の片隅に置いておいて欲しい……わたしのように頭の底が抜けてると、置けるものも置けないけども」

　予想していなかったのだろう、ずっと泣き出す寸前のような顔をしていた駿は、博史の軽口に「おじいちゃんの頭は抜けてないよー」と破顔した。

「でもありがとう……このところ体調にも少し影響が出ちゃったから、お医者さんとも相談して、しばらく学校を休もうと思ってる。幸い在宅勤務制度も進んでるから、復帰も緩やかにできるし」

「うん、必要なら勉強はわたしが見てやれる。お前のお母さんとお父さんも、国語と数学、あと理科も教えられるんじゃないかな」

　博史は英語の元教師で、娘の希子《のりこ》は高校の国語教師、婿《むこ》はサラリーマンだが大学は理工学部だったはずだ。家庭科は和子でばっちりじゃないか。

「『絶対に学校に行け』って反対しないんだね。校長先生なのに」

「場合によっては、物理的にいじめっこから離れるのも大事なんだよ。子供が安心して学べる場を作るのが大人の仕事だ。学校側とも対応を協議しないとな。お父さんとお母さんは、いつこっちに来られそうかい？」

「……二人とも、ちょっと忙しくしてて。でも、きっと話しておくよ」

「ずいぶん長いあいだ顔を見せないもんだから、和子も寂しがってるんだよ。駿くんはこうして来てくれるのになぁ」

「二人もきっと、おじいちゃんたちに会いたいと思う」

孫息子はひどく寂しそうに微笑した。彼自身が「会いたい」と言っている気がした。

「そろそろ帰ろうか、お昼ご飯はうどんでいい？」

博史は駿に促されるままベンチをあとにした。家の方角はもうわからなかった。


――「……この写真の人たちが？」

――「うん、みんな事故で……」

――「おばあさんはいつ？……」

――「去年の二月……心筋梗塞であっという間に……」

囁《ささや》き声の聞こえる和室の戸を開けると、二人の若い男が仏壇に線香をあげていた。

一人は大きな目をした華奢《きゃしゃ》な男で、ひどく懐かしい。初めてクラス担任をしたときに博史をよく慕ってくれていた教え子だと見当を付ける。英語が得意で、将来は外国で働きたいと言っていたっけ。彼を見ているだけで、次々と楽しく優しい時間が蘇《よみがえ》ってくるような気がする。もう一人の長身の男も、きっと教室で二人よく一緒にいた生徒だろう。物静かだが実直な子で、博史も一目置いていた。

「ああ、二人ともよく来たね。卒業してから、何年ぶりかな？」

「――あの、僕たちおば……奥さんたちに、ご挨拶してて」

「その仏壇はわたしの両親のものだよ。でもありがとう。和子はえーと、どこに行ったかな。ちょっと待っててくれ、呼んでくるから」

「奥さんは、留守だとうかがいました」

長身の方が、恐ろしく低いがよく通る声で言う。

「そうだっけ……？　そうだったかな。じゃあとりあえず、お茶の用意をしないと」

「僕がやります。得意なんで、やらせてください」

大きい目の方が素早く立ち上がると、真っ直ぐに台所へ向かい、あっという間に急須と湯呑《ゆの》みをお盆に載せて戻ってきた。お茶うけは博史が好きな店の薯蕷《じょうよ》饅頭《まんじゅう》だ。和子が買っておいてくれたのだろう。

「手際がいいね、ええと君……」

「タケノウチです。タケノウチシュンスケ。こっちはセノウダイキ」

「タケノウチくん、うちの娘にも見習わせたいよ。ちょうど歳も同じくらいかな」

博史が彼らに年齢を尋ねると、タケノウチが三十三歳で、セノウが三十一歳だと言う。見かけによらずもう立派な大人だ。卒業したときから倍以上の月日を重ねたということになる。最近の人は昔よりずっと若々しくて年齢が皆目わからない。

「いやぁ、わたしも歳を取るわけだ。二人はどんな仕事をしてるんだい？」

「僕は不動産会社で営業企画や調査分析を」とタケノウチ。

「俺は俳優業と舞台制作、あとはバイトを色々」とセノウ。

どちらも博史にはまったく未知の分野だった。詰襟のほんの少年だった教え子たちが、自分より広い世界を歩んでいる。それが無性に嬉しく、一抹の寂しさも混じり、くすぐったかった。タケノウチが淹《い》れてくれたお茶は博史好みの濃さと温度で、饅頭が一層美味しく感じる。

「わたしは演じることはなかったけど、戯曲を読むのは好きだった。カミュとかベケットとか、頑張って原文で読んだりね。実家に余裕があったら、本当は教育学部じゃなくて文学部でフランス語を勉強したかったんだ」

「俺、ちょっと前に『シラノ・ド・ベルジュラック』のクライマックスシーンを劇団のワークショップでやりましたよ」

古くは『白野弁十郎《しらのべんじゅうろう》』という題名で翻案もされている人気戯曲だ。

フランスに実在した詩人であり剣豪のシラノは従妹《いとこ》の美女・ロクサーヌに恋するが、自分の醜い大鼻を恥じ、やはりロクサーヌに焦がれるハンサムな部下・クリスチャンのために見事な愛の手紙を何通も代筆してやるという筋書きだった。

「むかし有楽町の日生劇場まで観に行ったなぁ。和子があんまり泣くもんだから化粧が剝《は》げて、そのあとの食事の予約にも遅れてしまってね」

「すごい涙脆《なみだもろ》かったよね……ですよね」

タケノウチがどこか懐かしそうに笑い、博史も釣られて笑った。

あれは結婚十周年のデートだった。チケットは和子が内緒で用意してくれており、娘の希子は仲良くしていた隣の家の家族が預かってくれた。そういう大らかさが残っている時代だった。今はもういない人たちの懐かしい顔が、薄明のように、ぼうと浮かんでは消えていく――。

「わたしもあの台詞《せりふ》を聞いたときは和子と一緒に少し泣きそうになった……なんて言ったのだったかな、あの最後のシラノの台詞……」

「『心意気だ！』ですか？」とセノウ。

「そう、それ！　心意気！」

クリスチャンが戦争で命を落とし、彼からの手紙を携え修道院に入ったロクサーヌの元へ、シラノは真実を告げないまま十四年も通い続けて慰める。些細な諍いで深傷《ふかで》を負ったシラノの今際《いまわ》の際に、ロクサーヌは数々の愛の手紙の主、つまり彼女が本当に愛した相手はクリスチャンではなくシラノだったことに気付くのだ。彼女に抱かれながら、瀕死《ひんし》のシラノはそれでも自分の本心と真実を否定し、快活に天を目指して逝《ゆ》く。

『神の懐《ふところ》へ入るときにはな、俺はこう挨拶をして、青空の門を広々と掃き清めて、貴様らがなんと言おうと持って行くのだ、皺《しわ》一つ、染み一つつけないままで、それはな、わたしの……心意気だ！』

セノウの深くよく通る声が、天井まで響いて耳朶《じだ》を震わせた。

「すごい、よく覚えてるね！　ああ確かにそんな感じだった。逞《たくま》しいのに繊細で、切なくて」

あのとき目に涙をいっぱい溜《た》めて、ハンカチを握りしめたまま拍手していた若い和子の横顔が鮮やかに蘇る。結婚して十年経《た》ち、娘まで成した仲だったが、博史はあのとき改めて妻を可愛らしく思った。ふと湧いた愛《いと》しさは和子にも周囲の誰にも見えないはずなのに、柄にもない、と劇場の真ん中で慌ててしまったことまで思い出す。

「君はシラノ役だったんだね。他に覚えている台詞はある？」

「ダイキはぜんぶ覚えちゃうんですよ、他の人の台詞まで」

「え、じゃあシラノもロクサーヌも、ぜんぶってこと？　ぜひ聞いてみたいな」

「たぶん思い出せると思います。相手の台詞も把握した方が、自分の演技を考えるのにもやりやすいんですよ」

セノウはこともなげに言うと、「じゃあシラノが手紙を読み上げている場面で」と湯呑みを茶托《ちゃたく》の上に置いた。

――「わたしの心は、束《つか》の間《ま》も、あなたを離れたことはなく、この世はおろか、あの世までも、ただひたすらにあなたのことを愛し続け、ただひたすら……」

――どうしてお読みになれますの？　この夜の暗さに。

十四年……十四年というもの、この方は、おどけて人を笑わせる昔馴染《むかしなじ》みのお友達の役を、ずっと引き受けて下さった！

――ロクサーヌ、そんな！

――あなただったのでございますわ！

「と、まぁこんな感じです」

優雅な女性の声音から元の低音へ戻ったセノウが、ぺこりと頭を下げる。

シラノとロクサーヌの切ない最後が浮かぶような、素人目《しろうとめ》にも見事な演技だった。

博史はここに和子がいたらどんなに喜んだかと思う。あのときはまだ小さかった希子にも、見せてあげたかった。

「君はきっと人気俳優になるね。今のうちにサインを貰《もら》っておこうかな」

博史が言うと、セノウは「俺なんてまだ全然」と謙遜《けんそん》する。

「ワークショップのとき、もっとすごいシラノがいたんです。八十歳近い俳優なんですけど、『心意気』の台詞なんて本当に絶品で。俺も泣きそうになりました」

「八十歳⁉　それはすごい。いやぁそんな人に比べたら、わたしもまだまだ若輩だなぁ」

博史はふと見下ろした自分の手にぎょっとする。骨の形が甲にくっきりと浮き上がり、そこへ薄く張り付くたるんだ皮膚はシミだらけで、いかにも弱々しい。これではそれこそ八十歳の老人の手みたいだ。

「……まだまだ……」

自分は今、何歳になるのだったか。

何かとても大事なものを忘れているような――。

ここにいたら。見せてあげたかった。

思考が浮かんでは、取り出す間もなく靄《もや》の向こうに消えていく。靄の中へ手を伸ばしても、そこには空っぽの空間がどこまでも広がっているような、手応えのなさ。体の重心がそっくり抜けた穴に、じわじわと不安と焦りが侵入してくる。

「おかわりどうぞ」

タケノウチがそっとお茶を注ぎ足してくれた。コポコポという優しい音と湯気と一緒に、馴染み深い香りが鼻腔《びこう》をくすぐり、博史は自然と深呼吸した。

「このウイルス禍が落ち着いたら、ダイキたちの舞台を観に行きませんか」

「ぜひ来てください。シラノをやるかはわからないけど、きっと面白い公演になりますから」

「もう一度シラノが観られたらいいなぁ。わたしがあの戯曲で何より好きなのは、代筆を挟んだそれぞれの、ある意味紛《まが》いものの関係が、ちゃんと本物になるところなんだ」

セノウが相槌《あいづち》を打つ。

「シラノの〝心意気〟あってのことだけど、クリスチャンもロクサーヌも、みんな気持ちのいい人物ですよね」

そうなのだ。時に真実を超えるものがあるとしたら、それはきっと人の心根なのだ。人の心も人の行いも、問いに対して必ず正答があるテストとは違う。子供たちが逆境の中でも自分を大切にできるように、この世界の良きものを見ることができるように、柔らかな思春期の心に芯の強い根を張れるように、自分は何ができるだろう？ 新米教師の頃から向き合ってきた問いを前に、博史はいまだ立ち止まることも多い。でもこうして頼もしく成長した教え子たちを見ていると、自分のしてきたことも満更でもないのかもしれないと思えてくる。

「ちょっと疲れたね」

「少し横になりますか」

「ああそうさせてもらおうかな。君たちはゆっくりしててくれ。和子も希子もそのうち戻ると思うから」

寝室に戻りベッドに入ると、タケノウチが廊下と隔てるガラス戸をそっと引き、庭の鳥の声や、向かいの家のピアノの音が遠ざかった。

どこから出してきたのか、二人が用意してくれた肌触りのいい毛布の中で深く呼吸すると、布の間の小さく閉じた空間が、自分と同じ温度になるようでホッとする。博史は遠い日に、母の肩に頭を乗せて寝入ったことを思い出す。それとも、そうやって和子のふっくらした両腕に包まれながら寝入った希子を、傍らで眺めていた記憶かもしれない。

微睡《まどろみ》のあわいで、博史は二人の男の声を聞いている。声の近さから、部屋の外の縁側に腰掛けているのだろうと見当を付ける。音として聞こえても意味はよくわからない。でも風が吹くと微《かす》かに鳴るガラス戸の向こうで、片方の慣れ親しんだ声はたまに途切れるがリズミカルで、もう片方の深い声はくっきりと流れるように、優しい和音がまるで音楽のように心地よい。

――この飛行機のオモチャ、シュン君の？

――うん、たぶん。昔からあるから

――そんなずっと持ち続けて……ああ名前も書いてあるんだ

――それ見たときすごい不思議だった。「なんで僕の名前が書いてあるの？」って

――シュンとシュンスケじゃあな。歳もまったく一緒なんだっけ

――一コ上かな。生きてたら、三十四歳……

博史の脳裏をひどく長い夜の記憶が過《よぎ》る。

知らせの電話は博史が受けた。和子は電池が切れたように、運んでいたすべての食器を落とした。外部への感覚の一切が抜け落ちたあの灰色の重い時間を、二人でどうやり過ごしたのか。色のない霊安室。異様に横長の祭壇。二つの棺《ひつぎ》に挟まれた、あまりにも小さな……。

直視できず、一つひとつの断片を結ぶ線が切れてしまったような記憶は、目覚めたいのに目覚められない悪夢そのものだった。あのとき和子が取り落とした茶碗《ちゃわん》の青い欠片《かけら》を、何週間も経ってから調味料ワゴンの下で見つけたとき、博史はこの先も生き続ける苦しみに絶望した。誰かに、命の電池を外して欲しかった。

瞼《まぶた》の内で、そこだけ世界が欠損したような闇が拡大をやめ、その漆黒の中心から、次第に紗《しゃ》がかかっていく。

薄目を開けると、懐かしい天井板にまだ夕陽《ゆうひ》の名残《なごり》がある。その淡い金の影は、ここが博史の家であるという目印だ。台所からは、湯気が見えるような味噌の匂い。今日もいい一日だったという幸福感が胸を満たし、博史は自らの静かな呼吸に安堵《あんど》する。廊下に面したガラス戸の向こうに、博史のものよりずっと逞しい二つの背中が並んでいる。誰だろうと思う前に、親しみが湧いてくる。安心と、嬉しさと。思わず顔が綻ぶと、さらに胸があたたかくなった。

——お前の実家は相変わらず？

——お互いもう何も期待してないし、とっくに諦めてるから。弟が一人息子ってことで、すべて丸く収まればそれでいいんだよ

——ここからもう一本向こうの通り沿いなんだよな。歩いてほんの数分の距離にいるってのに、ままならないな……

——ごめんね、ダイキがしてくれたみたいに、僕も家族に紹介できたらよかったんだけど

——紹介してくれたじゃん。俺はおじいさんに会えてすげー嬉しかった。お前にとって血が繋《つな》がった家族以上の人なんだろ

——うん。もっと早くにここを訪ねてれば、おばあちゃんにも会ってもらえたん

だけど……

泣きながら家の前に蹲《うずくま》っていた、色白で手足のひどく細い男の子は、あの子と同じ年頃で、名前まで似ていた。和子が焼き立てのスイートポテトをあげると夢中で平らげた。交番に連れていこうとしたら、ちゃんと家までの道順をわかっていて、歳の割に聡《さと》い子だと思った。送り届けた玄関先に出てきた、面差しのよく似た若い母親は、礼儀正しくしっかりした人だったが、どこか冷たい印象も受けた。

男の子が二度目に庭先に現れたとき、博史も和子も駆け寄って抱きつかんばかりに喜んだ。先日の出来事は、自分たちの願望が見せた夢、神様が気まぐれに恵んでくれた幻かもしれない、そんな畏《おそ》れが拭えなかったのだ。

「大きな台所を見てみるかい？」

差し出した博史の指をぎゅっと握った、小さな瑞々しい手の感触に、胸の奥が痛むほどの愛おしさを覚えた。

再び男の子を家に送り届けると、母親は博史たちの眼前で男の子を今にも叩《たた》かんばかりに叱り付けた。

「よその人に迷惑をかけちゃダメって、何度言ったらわかるの!?」

博史は常々、家庭や学校や世間で繰り返されるその言葉が苦手だった。迷惑という主観で互いを縛り合う息苦しさより、教え子たちには〝お互い様〟と他人を頼れる、そして誰かが頼れるような大人になって欲しいと願ってきた。ましてこんな小さな子に使うなんて。

「老人二人の寂しい暮らしにこんな素敵なお客様はいません。よかったらいつでも遊びに来てください」

そんな妻の言葉にも訝《いぶか》しげだった母親は、博史の元中学校長という肩書きに、ようやく警戒を解いたように見えた。

男の子は、和子の自慢の台所をすぐに遊び場として気に入ってくれた。最初は調理器具をオモチャ代わりに料理の真似《まね》っこ遊びをしていたのが、次第に材料や道具の出し入れ、調味料の計量、野菜の下拵《したごしら》え、と和子を本当に手伝うようになった。男の子が来たら母親へ電話を入れ、帰りは二人で家まで送り届けることが暗黙のルールになった。

間もなく和子は、子供用の包丁に料理バサミとエプロンを買い揃《そろ》え、博史は古い茶箱を男の子専用の調理台に変えた。長く休止していたが、ようやく再開した和子の料理教室では、「小さな助手さん」と生徒たちにも可愛がられた。

博史も和子も、「もしもあの子が生きていたら」という言葉は決して使わなかった。でも互いにそう思っていたのは、聞かなくてもわかっていた。

——親にやらされてた習いごとより料理はずっと楽しくて、でも何より、いつも二人が手放しで迎えてくれるのが嬉しかった。家じゃ従兄弟《いとこ》だの同級生だの、父親の幼少期だのと比べられるばっかりで、何一つちゃんとできないダメな子って言われ続けてたから

——その上ゲイで？　そんな家族によくカミングアウトなんて

——今となっては自分でもそう思う。大学受験や失恋で追い詰められて、ぐっちゃぐちゃだったんだよねー……「おぞましい」なんて言葉、あのときリアルで初めて聞いた

——家族がいるといないとじゃ、いない方が絶対にしんどいと思ってたけど、そうとも限んないんだなって、お前の話聞いて思った

——うちもダイキんちみたいだったらなぁ……で、家飛び出してここの前通りかかったら、おばあちゃんの白味噌と煮物の匂いがしたんだよね。気が付いたら玄関まで来てた

——やっぱり犬属性……

——今なんて続けようとしたかわかってるよ、猫属性くん？

——やめろ、くすぐったい……！

肩を寄せ合う二つの背中から忍び笑いが漏れる。心底楽しそうで、風で鳴るガラス戸まで一緒にカタカタと笑っているようだ。二人の会話の意味が取れなくとも、博史は不思議と安堵している。（笑えるようになってよかった）と、心のどこかで確かに感じている。

男の子は中学に上がるとぐんぐん背が伸びて、あっという間に博史の身長を追い越した。成長と共に少しずつ訪問が間遠になり、学校生活に忙しくしているのだろうと、元気な証拠なのだと、和子と励まし合うように噂《うわさ》したものだった。

ある夜に突然やってきた男の子は、背に宵《よい》の群青《ぐんじょう》の影を帯びて、制服を着ていなければ一瞬誰かわからないほど、顔立ちも声もすっかり大人のそれになっていた。

「ごめんなさい、こんな時間に迷惑だと思ったんだけど」

「迷惑なんて、嬉しいに決まってるでしょう」

ひどく憔悴《しょうすい》した様子を見て、和子は「とにかくご飯を食べて」と慌てて魚をもう一尾焼いた。博史は食器棚から子供用茶碗と箸を取り出しかけて、自分たちと同じ大人用のものに改めた。

男の子はいつかのスイートポテトのように、気持ちいいほどぺろりと目の前の皿を平らげていった。咀嚼《そしゃく》しながら、大きな瞳がどんどん和らぐのがわかった。玄関先で彼がずいぶん大人っぽく見えたのは、表情がなかったからだった。

「美味しかったです。ごちそうさまでした」

「まだまだおかずはあるから、遠慮なく食べなさい」

「ありがとう。でも本当にお腹《なか》いっぱい」

「じゃあ柿を剝きましょう。お隣さんから初ものをいただいたの」

「ああそうそう。ちょうどいいときに来たよ」

和子も博史も、冷蔵庫を空っぽにしてでも、彼に美味しいものをなんだって与えてやりたかった。彼がまた来るのを、ずっと待ち望んでいたのだから。

男の子は柿をひと噛《か》みし、ぐっとくしゃみをするみたいに喉を引くと、ぽろぽろと涙をこぼした。自分でも戸惑っている様子が、ますます頼りなく見えた。小さい頃であれば頭を撫《な》でたり抱き上げたりして、オモチャ代わりの鍋摑《なべつか》みやボウルであやしたものを。博史と和子は男の子の筋張った背中にそれぞれ手を伸ばし、そっと撫でた。

「ぼく、間違えて……気持ちに嘘《うそ》つけなくて、だから、勇気出して言ったのに……気色悪い、おぞましい、恥さらしって、みんな」

しゃくり上げる、途切れ途切れの言葉の意味をなんとか繋ぎ合わせながら必死で耳を傾けた。どうやら男の子は同級生に失恋してしまい、それをきっかけにクラスで浮いてしまったこと、すべてを打ち明けた家族に拒絶されたという事情を、なんとか理解できた。ごくたまに商店街で男の子の母親と行き逢《い》うことがあったが、向こうは会釈こそしても、決してこちらと目を合わせようとはしなかった。

男の子は名門の男子校に通っていたから、失恋した相手も男子ということだ。

博史も和子も、ニュースや本からそうした方面の知識はあっても、実生活の中ではとんと疎く、まったく困惑しなかったと言えば嘘になる。ただ男の子が深く傷付いているのは痛いほど伝わった。なんとかして慰めてやりたかった。

「遠慮しないで、いつでもご飯を食べにおいで」

余計なことを言って傷付けないようにと腐心した挙句、そんな当たり障りのない言葉しか出てこなかった。和子と博史、二人合わせてとうに百歳を超えているというのに。

自分が教師だった頃も、誰にも相談できず、かけて欲しい言葉ももらえず、人知れず悩んでいた生徒がいたのだろうと思うと、博史は二重にもどかしかった。

ずっとあとになって、和子が「今度あの子が来てくれたら、こう言おうと思うの」と博史に相談してきたことがあった。

「相手が誰であっても、大事に思い合える人ができたなら、いつかきっと二人で会いに来て欲しい。その人に会えるのを本当に楽しみにしているからって」

「そうだなぁ、あの子にそんな人ができたら、やっぱりすごく嬉しいよなぁ」

「ねぇ。ぐるぐる気負ってばかりいないで、ただそう言えばよかったんですよ、私たち」

縁側の陽だまりに、失った娘家族の面影ばかりでなく、そう遠くない未来の、喜びの予感を見た気がして、博史と和子は微笑み合った。

あのあと、自分たちはちゃんと男の子に伝えられたのだったか。思い出せない。またどこかで泣いていないといいのだが。あの子が最後に家に来たのは、いつだったろう?


博史は再び、上下左右のわからない真っ白な空間の中にいる。

〝今〟や〝此処〟、自分の座標を摑もうにも、なんのよすがも、その気配すらない。

瞬く間に不安が恐怖に塗り替えられてしまいそうで、両手をぎゅっと握ると、柔らかな毛布の感触があった。ここは知っている。ここは大丈夫。博史はゆっくりと深呼吸する。天井の金の影は、廊下から漏れる電灯の淡い反射に代わっている。

「あ、起きてます? シュンがそろそろ夕飯の支度《さえぎ》ができるからって」

顔を傾けると、明るさを抑えた電灯を遮るように、若い男がこちらを覗き込んでいる。影になって造作ははっきり見えないが、すっと筆で引いたような切れ長の目が印象的だった。

「シュン……？」

「あなたの孫の。彼が作った今夜の献立は、お祖母《ばあ》さん仕込みの鯖《さば》の味噌煮と白和《しらあ》え、あとしじみ汁だそうです」

「それは美味しそうだ。ああそう、駿くんが……それで君は、あの、どちらの……？」

「俺はセノウです、セノウダイキ。駿の家族です」

「──あの子に、家族が？　いつから？」

「一緒に暮らして三年になります」

三年前、三年後。入学した一年生が卒業するまで。どれほどの長さの月日か、博史はなんとか把握しようとする。

時間が伸び縮みする。巡る季節、校舎までの桜並木が散っては咲くのを繰り返し、別れがあり、新たな出会いがやってくる。妻や、娘や、若夫婦、赤ん坊と、増えていく笑い声が耳の奥をくすぐり、伸ばされた小さな手が次第に大きく、大人のそれへと変わる。傍らの妻が老いて小さくなり、いつの間にか一切の声は途絶え、やがてみんな消えて……。

たったいま大事な何かを思い浮かべたはずなのに、頭の隅から取り出す間に、どこかへかき消えてしまった。もう一度それを摑もうとして、白い霧に包まれたような、か細い思考の跡を辿る。ぐるぐると何度か繰り返し、博史は、やがてゆっくりと諦める。

ただ今は、目の前の男に、感じたままを伝えよう。すべてを手放したあとになお残る、何かを——。

「そうか、家族……セノウくん、そうか、どうもありがとう」

「俺は何も」

「わたしたちは君に会えて、本当に嬉しいんだよ。あの子を大事にしてくれる人に、ずっと会いたかったんだ」

「俺もあなたに会えて嬉しいです」

「二人でぜひまたご飯を食べにおいで」

セノウの鋭い目尻がくしゃっと下がり、ほんの一瞬光った気がした。

「はい、必ず」

この子はとても穏やかで気持ちのいい目をしている。きっと冬の透徹した青空のように、内に溢《あふ》れんばかりの光の粒を湛《たた》えた、深く広い心意気の持ち主に違いない。

「じゃあ行きましょうか」

「うん、お腹が空いたな」

セノウの長い腕が博史の脇の下に差し込まれ、ゆっくりと体を起こすのを手伝ってくれる。廊下には甘辛い味噌の匂いが漂って、妻が台所で何かを刻む、優しい包丁の音が微かに聞こえる。

自分はこの生で何を得て、何を失ったのか。

いつしか過去のたくさんの時間も、大切な人々も、薄れて見えなくなってしまった。博史にとって確かなのは、今のこの瞬間だけだ。ただわかるのは、見えなくなっても、触れられなくなっても、すべては博史という存在の中のどこかに在るのだということ。

数え切れないほど失った果てのこの時は、もしかしたら、この上ない贈り物でもあるのかもしれない——博史の脳裏をふとそんな思いが過り、たちまち遠ざかった。

妻が育てた椿《つばき》や水仙《すいせん》が坪庭を彩り、その下の土からそっと顔を出していた霜柱がいつの間にか溶けて、どこからか粒揃いの美しい苺《いちご》が届く。台所の窓を開けると不意にラベンダーの香りが漂い、綿シャツのはらむ風が素肌に心地よい午後の微睡から目を覚ますと、通奏低音のような法師ゼミの鳴き声が耳の中に反響している。目を覚ますたび、見慣れた天井に差す夕陽の金の影が、ゆっくりと移動していく。それはいつだってここが博史の場所であることを、示し続けてくれる。

台風一過の朝、玄関を開けると、人懐っこい大きな目をした、線の細い男が立っていた。顔の半分は白いマスクに覆われている。背後には長身の、こちらは黒いマスクを着けた男が、たくさんの食材や荷物を抱えている。博史の胸は喜びでいっぱいになる。

「二人とも、よく来たね」

第五幕

半年前　黄金色の名前

「あたし今日、見たんだけど」

いつもなら食事を終えるとさっさと自室へ消える娘の葵《あおい》が、スマートフォンの画面に目を落としたまま、吐き出すように言った。

「何を？」

佐代子《さよこ》は茶碗《ちゃわん》の泡を流す手を止めずに返す。葵がわざわざ佐代子に伝えるからには明るい話題ではないだろう。毎日の楽しい出来事を報告してくれたのは、せいぜい小学校四、五年生くらいまでのことだ。

「お祖母《ばあ》ちゃん。デパートの前で知らない爺《じい》さんと手繋《つな》いで歩いてた」

「……見間違いとかじゃなくて？」

恐る恐る尋ねながらも、佐代子はこの夏の間ずっと頭の片隅にくっついていたものが、ようやく剝がれ落ちたような心持ちになる。当の姑《しゅうとめ》は今夜、古い友人と食事をして帰る予定と聞いている。

「あの変な柄のスカート、見間違うわけない。ヨボヨボの老人同士でいちゃつくとか、思い出すだけでキモいし見たくない。一緒にご飯食べるのも嫌なんだけど」

「そんな言い方しなくても」

佐代子の言葉を最後まで聞くことなく、葵はドスドスと足音を立てて二階へ上がっていった。テレビから流れる旅番組の軽やかなオープニング曲が虚《むな》しく重なる。

高校生の娘が時おり見せる、慄《おのの》くような酷薄さには、いつも佐代子まで傷付けられたような気になるが、今日は格別だった。それは自分が見ないふりをした感情を、ずばりと露《あらわ》にされた居心地の悪さもあったからかもしれない。

姑とは十ヶ月ほど前から同居を始めた。舅《しゅうと》が亡くなり、日本のみならず世界中が再び来るかもしれない新型ウイルスのパンデミックに怯《おび》える中、公共交通が限られた片田舎で運転もできない姑の独り暮らしは確かに心配だった。だからこそ反対はしなかったが、もっとやりようがあったのでは、というわだかまりは今も胸につかえている。

夫の浩一《こういち》は佐代子に相談することもなく勝手に話を進め、いざ具体的な準備に入ると、当の姑もひどく困惑している有り様だった。夫の胸の内はおそらく、「一人息子としてそうすべきだからそうした」くらいのものだろう。母親への思いやりや、本人の意思より、世間体からの判断が勝っていたのは明らかだった。

幸い都下の会社に就職した息子が会社の寮に入っていたので、部屋は一つ余っていた。姑のために一階にあった一番広い夫婦の寝室を空け、佐代子たちは二階へ移動した。わずかな荷物と一緒に引っ越してきた姑は「窮屈な思いをさせて、本当に申し訳ない」と恐縮しきりだった。改築の費用を夫が出したとはいえ、元々の家と土地は佐代子の祖父母が残したものだったから、なおさら遠慮もあったのだろう。

佐代子は結婚当初から、この姑にはささやかな好感を抱いていた。小学生のときに母を亡くした身には、「おかあさん」という響きが懐かしかったし、控えめで素朴な気のいい人だと思う。男尊女卑の慣習が色濃く残る土地で、〝行き遅れの年上女房〟と佐代子を見下す態度を隠しもしなかった舅と違い、何くれとなく陰で気を遣ってくれた。お陰でこれまで盆暮れに夫の実家へ行くのもそれほど気詰まりではなかった。

姑が新しい環境でも安心して過ごせるように、佐代子は心を砕いた。できるだけ自立して暮らしたいという姑の意思を尊重し、新しい部屋には小さな冷蔵庫と電子レンジを置き、プライバシーを保てるようにドアには鍵を付けた。食事・洗濯は基本一緒だが、部屋の掃除は各自で、窓掃除など大掛かりなものについては、その都度声をかけてもらうことになっている。

徐々に同居生活に慣れていくと、物静かな姑は意外なほど活動的だった。特に最後の緊急事態宣言が解除されてからは、近所の図書館や公園、二つ先の大きな駅のショッピングモールなどを含めると、ほぼ毎日必ず外出し、今日のように外で食事をしてくることもたまにある。こちらに友達がいるのかと尋ねると、実は北関東の高校を卒業しており、少しだけ東京にいたこともあったという。姑は家族の集まりでも佐代子と同様にほとんど口を開かなかったから、そんな話を聞くのは初めてだった。

「佐代子さんたちには心配をかけちゃうかもしれないけど、こんな世の中だし、今のうちに会える人には会っておきたくて」

「新しい土地で心細くならないか心配だったので、むしろ安心しました。お友達とはずっと連絡を取り合ってたんですか？」

「ほとんど途切れてたご縁だったけど……不思議なものねぇ」

姑はほっと微笑《ほほえ》んで、心から嬉《うれ》しそうだった。

佐代子がまだ時田《ときた》でなく森下《もりした》だった頃の友人たちは、年賀状の付き合いがあるだけで、それも昨今はまばらになっている。姑のように、いつか佐代子も再び彼女たちと縁を取り戻せるといいなと思った。

あれは夏の初め、猛暑に備え姑のために買っておいた冷感寝具が届いた午後だった。鍵を付けていてもかけることはほとんどないようで、その日も姑の部屋は開いていた。それなりに嵩張《かさば》る寝具セットは狭い家の中では他に置き場もなく、佐代子は仕方なく家主不在の部屋に運び込んでおくことにした。

誰に言うともなく「お邪魔します」と足を踏み入れた佐代子の目に最初に飛び込んできたのは、光を透かすモカ色の美しいレースだった。カーテンレールの端に下がった小さな物干しに、繊細なデザインのキャミソールと揃《そろ》いのショーツが下がっていた。丁寧《ていねい》に陰干しされたそれらはツヤツヤとした光沢があり、老女の生活感が滲《にじ》み出た部屋の中で、異様な艶めかしさだった。佐代子も若い頃はこんなふうにつるんとした下着を買ったものだが、子供ができてからは、量販店の一〇〇パーセントコットンの下着が落ち着くようになった。長く下着の上下を揃えたこともない。

股《また》と膝の部分の生地が擦り切れたズボンや、親戚から譲り受けたという古びたスカート、およそおしゃれとは程遠いと思っていた姑が、服の下ではこんなふうにめかし込んでいた――佐代子は見てはいけないものを見てしまった気がして、慌てて目を逸《そ》らし、布団を置いた。しかしいけないと思いながら、視線は次々と室内のものにフォーカスを当ててしまう。

背に図書館のシールが貼られたハードカバーの本や古そうな文庫本が積まれたちゃぶ台、きちんと整えられたベッド。小さな鏡台の脇には、姑が入浴の際にいつもわざわざ風呂場に持ち込んでいるシャンプー類のボトルが入った籠が置いてあった。ずっと使い慣れているものだろう、くらいに思い、気にも留めていなかった。ボトルの表面に貼られたままの宣伝シールには、明るい緑色の文字で「加齢臭対策に」とあった。

五十過ぎの佐代子も夫も気にしていない加齢臭を、八十近い姑が気にしている。

「さあ、その理由は⁉」頭の中で電光掲示板が点滅し、パラパンパーン、という大仰なファンファーレと共に幻の司会者が佐代子に迫る。

無意識に手をついた鏡台の上の白いピルケースと思った物は、よく見れば練り香水で、顔に近付けると白檀《びゃくだん》だろうか、香気がふわりと鼻腔《びこう》に触れた。そのとき、数十年も前に読んだ女性誌の一節が、不意打ちのように佐代子の脳裏を過《よぎ》った。

——香水テクニックで〝忘れられないオンナ〟になる！

佐代子の漠然とした推測は、葵の話で、今や確かな輪郭を持った。

（お義父《とう》さんはもう亡くなっているわけだし、老人ホームの艶っぽい人間模様を描いたドラマだって流行《はや》ったたし、何よりお義母さんの人生だし……）

誰にともなく説明を連ねても、どこか言い訳じみて聞こえてしまう。佐代子は慌てて洗い物を再開する。葵が言い捨てた、そして佐代子が言葉にする前に仕舞い込んだ感情が、まざまざと形を取り始める前に、中性洗剤の泡で流してしまわなければ。

九時前に帰宅した姑は改めてよく見ると、東京に出てきた頃よりずっと若々しくなっている。化粧が変わったとか服装が垢抜《あかぬ》けたわけではぜんぜんないのだが、全身から醸し出される雰囲気が違うのだ。こちらの見る目が変わったせいだけではないと思う。土産だと言って差し出された人気店のチーズケーキの包み紙まで、煌《きら》めいていた。

「楽しかったですか？」

姑は子供のように勢いよく頷《うなず》く。

「デパートの屋上が素敵なお庭になってて、びっくりした。前に一度行ったときは遊園地だったから」

やはり葵が見たのは姑だったのだ。葵の予備校は、ターミナル駅のロータリーを挟んで、当のデパートの向かいにある。

一瞬「あそこ、カップルが多いらしいですね」とカマをかけることを想像したが、佐代子は元来そんな器用な質《たち》ではない。口から実際に出たのは、

「最後に子供たちを連れていったときは、熱帯魚店でした」

というものだった。葵が大きくなるにつれ、一緒に買い物に行くのを、「ダサいおばさんと一緒に歩きたくない」という理由で拒まれるようになってから、すっかり足が向かなくなっていた。

「都会はどんどん変わるものねぇ」

「そうですねぇ」

姑の柔らかな笑顔を目のあたりにすると、（ああそうか）、すとんと納得する。葵の言葉に同意しながら、胸の内を冷たい隙間風が通り抜ける気がしたのは。

葵から見れば佐代子の年代であっても、色気付くのは「見たくない」だろう。おばさんはおばさんらしく、おばあさんはおばあさんらしく、すべきだから。妻となり母となって、夫との営みを含め色ごとからすっかり遠く離れ、いつしか離れていることすら忘れるところまで来たのに。佐代子は今さらこんなふうに虚しく感じてしまう自分が不思議だった。


姑が風呂に入っている間に、夫の浩一も帰宅した。

「おかえりなさ」「ちょっと腹が減った」

いつものように、夫の言葉は上段から佐代子の語尾に被《かぶ》さってくる。どちらかと言えばのんびりした口調の佐代子と、早口の夫の不協和音。

「お茶漬けでいい」「半量くらいで鮭《さけ》にして」

夫はコートと鞄《かばん》を放り出しながら、大きなため息をつく。

新型ウイルス禍不況に端を発する会社の人員削減計画のお陰で、ここのところますます忙しそうだった。幸い早期退職勧告は免れたようだが、残業が増え続けている。一時はテレワークだなんだと週の半分は家にいたのが嘘《うそ》のようだ。ボーナスもずっと出ていない。

作り置きしてある鮭のふりかけ、刻み海苔《のり》、葱《ねぎ》、山葵《わさび》を半盛りのご飯の脇に添えて、急須ごと出す。夫はため息をついて食べ出すと、佐代子に断ることなくチャンネルを替えた。海辺の町の路地に寝転がる太った三毛猫が、無機質なスタジオを背景にした、銀縁眼鏡《めがね》の中年キャスターに切り替わる。

姑が風呂から上がってくると、佐代子はさりげなく小脇に抱えられた籠に視線を走らせる。籠の上に乗せたバスタオルで「加齢臭対策に」のラベルは見えなかった。

「お先にいただきました。浩一、また遅かったんだね」

姑に話しかけられ、夫は一応相槌《あいづち》を打つが、視線はぼんやりとテレビ画面に注がれたままだ。

「疲れてると免疫力も下がるらしいから、気を付けて」

夫の返事はない。姑の一人息子への気遣いは、有名政治家の不倫スキャンダルを告げるニュースにかき消される。

夫や子供たちに無視されること、言いっ放しで会話が続かないことは、佐代子の中では平常運転だったが、姑はいまだに慣れないようだ。一瞬悲しい目をするのが、視界の隅でもわかった。そのまましょんぼりと部屋へ下がろうとする姑を、佐代子は思わず「チ、チーズケーキ」と呼び止めた。

「あの、お義母《かあ》さんのお土産のチーズケーキ、せっかくだからみんなで食べましょうか。葵も呼んで」

姑が顔を綻ばせる寸前で、夫が「また出かけてたの？」と呆《あき》れた声を出した。

どこへ？　と詰問口調の夫に、姑は「デパート」と恐る恐る答える。

「いつまた感染者数が増えるかわからないんだから少しは自粛しなよね」

「……マスクもしてるし、ちゃんと気を付けてるから」

「老人が感染すると高い確率で重症化することくらい当然知ってるよね？　もしそうなったら行動履歴チェックされて田舎から出てきた老人が都会に浮かれて迷惑な話だって後ろ指さされて家族も肩身の狭い思いをすることになるかもしれないよね」

夫はキャスターよりもさらに温度の低い声で、言葉を重ねる。苛立《いらだ》ちが募ると早口も加速する。ここのところ比較的穏やかに、つまりほぼ会話なく過ごしていたので油断していたが、その分鬱憤が溜《た》まっていたのかもしれない。

対して姑は、どんどん縮こまっていく。明らかに、夫の心配の比重は、自分の母親が重症化することではなく、自分が肩身の狭い思いをすることにある。それほど遠くない未来に、佐代子も子供たちからこんなふうに扱われるのだろうか。その上に姑が恋人とデートをしているかも、などと夫が知ったら——。〝濃厚接触〟という、ひと頃やたらと聞いた言葉に思い至り、佐代子は慌てて幻の中性洗剤で流し去る。

「あと言いたかないけどうちだって余裕があるわけじゃないんだよね。そんな優雅に遊び回る暇と金があるなら多少は蓄えに回すとか考えるよね普通」

「優雅なんて、デパートへ行くぐらい……」

たまらず口を開いた佐代子を、夫は視線だけで遮《さえぎ》り、「黙れ」とでも言うような顎の動きであしらった。佐代子はときどき、自分が飼い犬にでもなったような気がする。佐代子、ステイ。佐代子、シット。

姑はこちらへ引っ越してくるとき、毎月の年金を口座ごと預けてくれた。夫がそこから決まった額の小遣いを渡すことになっているのだが、本来姑のものであるお金なのに、と佐代子はずっと納得がいかなかった。

「僕は毎日毎日家族のために細心の注意を払っていわば命がけで仕事に出てるんだよね。僕の身になればのんきに遊びに行くのを我慢するくらいなんでもないよね？退屈なら暇してる佐代子に相手させればそれで済む話だしね」

徐々に先細りになる収入を懸念して、佐代子は幾度か夫にパートへ出ることを相談したことがあった。最初は息子の大学入学後で、当時小学生だった葵の大学受験が終わるまでは母として家にいろ、と退けられた。次はパンデミックの長期化がうすうす見え始めたときで、嫁として家族の健康管理と姑の世話を優先すべきだ、と説かれた。今のようにお金の心配をするならば、なぜ許してくれなかったのだと聞いてみたいが、夫が一度こうと決めたら、佐代子の意見など聞く耳を持たないこともわかっている。

夫は悠々と鮭茶漬けを平らげると、一方的に会話を打ち切った。

言いっ放し、吐き出しっ放しの家族専用エチケット袋が、今は佐代子と姑の二袋分。食べ終えた茶碗はそのままに、こちらに視線を向けようともしない夫を風呂へ見送り、姑と佐代子は通夜の挨拶のように「おやすみなさい」を言い合った。

その夜を境に、姑は夫の言葉を気にしてか、すっかり家にいるようになった。ごくたまに外出するときも「郵便局へ行ってきます」「図書館に寄ってすぐ戻るから」といちいち佐代子に断っていく。そのたびに「ゆっくりしてきてください」と伝えるのだが、姑の外出が一時間を超えることはなかった。

すっかり空気が澄んで空が高くなったある日の午後、佐代子は買い物ついでに住宅街の中にある隠れ家風のカフェへ行こうと姑を誘ってみた。「ずっと入ってみたかったけど一人では気後れして」というのは半分本心だった。

一見普通の一軒家に見える店の外には千日紅《せんにちこう》のプランターが載った木製の看板が出ており、店内は深い色合いの家具にアンティーク風の調度品が落ち着いた雰囲気を漂わせていた。控えめに流れる聞き覚えのあるメロディーはなんの曲だったろう。

奥の席に二人で腰を下ろすと、木とコーヒーの香りが鼻腔を満たした。

「やっぱりちゃんとした豆の香りはぜんぜん違いますね」

「本当に、いい匂い」

夫は日本茶、葵は紅茶派で、佐代子と姑はコーヒー派だった。といっても家ではもっぱらインスタントコーヒーで済ませてしまっている。

二人でそれぞれ違う産地の豆を試しに注文してみた。他人の手で丁寧に淹《い》れられ、手厚く差し出されたひと口を飲んで、ほとんど同時にため息が漏れる。

「たまにはいいですよね、こういうのも」

「佐代子さんは本当によくやってくれてるから、もっと息抜きしてもらいたいわ」

「それはお義母さんもですよ。遠慮せずに前みたいに出かけてください」

浩一さんには黙ってますから。こそりと付け加えると、姑はカップに口を付けたまま微《かす》かに目を瞠《みは》る。

「でも、感染したら申し訳ないし」

「ワクチンを打ってるし、ずっと閉じこもるよりも、万が一罹《かか》ったときのために免疫力と体力を付けた方がいい、適度な運動や日光を浴びるのも大切ってテレビで言ってました」

ドアの開け放たれた店の入り口の前を、数人の子供たちの賑《にぎ》やかな声が通り過ぎていく。もう下校時刻なのだろう。彼らが運び込んだ爽《さわ》やかな秋風で、テーブルの周りの空気が少し揺らぐ。

「それに……あの、大事な方がいるんですよね？　やっぱり会えるときにできるだけ会った方が」

今度こそ目をまんまるに見開いた姑の頬は、みるみる赤く染まった。あらまぁ、と声を立てずに呟《つぶや》くと、額に手を当てる。

「知ってたの……」

「なんとなく、その、勘というか」

反射的に、葵が二人を目撃したことは言わないでおこうと思った。姑は頬をうっすら染めたまま、彫像のようにしばらく同じ姿勢で沈黙したあと、ようやく口を開く。

「こんなシワシワのおばあさんが、おかしいと思うでしょ」

「……そんなこと！　お義父さんが亡くなって、もうずいぶん経《た》ちますし」

力むあまりオトゥーサン、と声が裏返ってしまった。あの世で冷笑する舅の顔が見えるようだ。俯《うつむ》いた姑の口元が一瞬緩み、やがてゆっくりと顔を上げる。

「こっちへ越してくるときに、残りの人生はせめて自分のために、したいことをしたいだけしようって決めたの……今の私にとっては、それがあの人と一緒に過ごすこと。世間がなんと言おうとね」

照れるでもなく、恥じ入るでもなく。姑の静かな、けれど内から感情が溢《あふ》れてしまうような表情は、これまで見たことのないものだった。

「『そんなこと気にしちゃいられないわ。わかっているのは、こうしなくちゃならない、ってことだけよ』……佐代子さんはイプセンの『人形の家』を読んだことある？」

唐突な口調の変化に唖然としたまま、佐代子は首を振る。それはまさに姑の部屋にあった文庫本のタイトルだった。

「でもそういえば、テレビの舞台中継か何かを、昔ちらっと観たような」

「私は今の佐代子さんと同じくらいのときに初めて読んでね。以来何度も、何度も読み返してきたの。よかったら貸そうか……ってお嫁さんに一番勧めちゃいけない本だけど」

姑が小さく笑い、佐代子は曖昧に頷いた。先ほどの姑の言葉は戯曲の中の台詞《せりふ》なのだという。

本よりも何よりも、佐代子は姑の静かな情熱に気圧《けお》されていた。ふとセピア色の浜辺をたゆたう人影が浮かび、ようやくBGMの曲名を思い出す。『男と女のサンバ』だ。

バン！　と夫が乱暴に玄関ドアを閉めた途端、家じゅうの空気が張り詰めた。

少しでも間違った言動をすれば、瞬く間に電流が流れそうな、そんな緊張感が廊下からダイニングを一気に駆け抜ける。出しっ放しの掃除機か何かのように脇へ除《の》けられた佐代子が「おかえりなさい」を発する前に、夫がひときわ大きな声で「母さんは⁉」と言った。夫からは冷たい外気の気配と一緒に、珍しく酒の匂いがした。

「さっきお風呂から上がって、部屋で休ん」「呼んできて」

「でも、もう遅いから明日にし」「さっさと呼んで」

有無を言わせぬ様子に、佐代子は仕方なく従った。幸い姑はまだ起きていたようだ。木綿のパジャマの上に、ところどころほつれたカーディガンを羽織り、額や頬はナイトクリームでも塗ったのか、ツヤツヤと光っている。

「浩一、今日も遅かったね」

夫は相槌を打つ素振りも見せず、冷蔵庫から出してきた缶ビールを無表情に開け、立ったままごっごっと喉を鳴らして飲んだ。

「疲れてると免疫力も下がるらしいか」「先週の木曜は誰とどこにいたの？」

夫の詰問口調に、佐代子と姑は、たぶん同じ顔をしていた。その日は久しぶりに姑がちゃんと外出した日だ。「お言葉に甘えて」と言っていたから、恋人に会っていたのだと思う。どこからバレたか、というのは愚問だった。葵に決まっているからだ。

「答えられない？」

「……お友達と、デパートに」「友達って男だよね？」

反射的に、姑は俯いて目を逸らした。まったく嘘がつけない人なのだ。ぎこちない静寂で食卓が沈み込んでいくようだった。

「質問にはちゃんと答えようね」上から押さえ付けるような夫の声が畳みかける。

佐代子は奇妙な小芝居でも見ているような気分だった。例えば厳格な父に、思春期の娘が内緒のデートを咎《とが》められる場面。実際には五十半ばの中年息子と間もなく傘寿《さんじゅ》の老母なのだが。男である夫が口に出す〝男〟はとても薄汚れたものに聞こえた。

「何考えてるのかな⁉」

夫がひときわ強い声で言い放つ。びくりと姑の肩が震える。

ほとんど同時に、二階で床が軋《きし》む音が微かに聞こえた。きっと葵が階下の様子をうかがっているのだ。

「いい歳して色気付くなんてみっともないったらないよね。しかもこんなご時世に！　死んだ父さんにも申し訳ないと思わないのかな。こんなこと母親に言わなきゃいけないこっちの身にもなってほしいよね」

　夫は盛大なげっぷをしたあと、寂しくなった頭髪をくしゃくしゃと搔《か》きむしる。整髪料と共に中年男特有の臭《にお》いが漂う。夫という人間が、緩やかに枯れて萎《しぼ》んでいく臭い。〝いい歳〟っていつからだろう。佐代子はぼんやりと考える。姑は俯き、貝のように口を閉ざしたままだ。

「黙ってればそれで済むと思ってるのかな。そうやって男と遊んで感染したら？　感染経路を周りになんて説明するの？『老いらくの恋を我慢できなかったんです』？　恥の上塗りだよね。母さんが一人で寂しくないように不便のないようにってわざわざ呼び寄せたこっちが馬鹿みたいじゃない。僕が必死で働いてる間にいい気なもんだよね⁉」

　目を充血させて捲《まく》し立てる夫は言葉遣いこそ柔らかいが、正月の席で呑《の》みすぎて周りじゅうに罵詈雑言《ばりぞうごん》を撒《ま》き散らしていた義父に、ぞっとするほど重なって見えた。姑が反論できるわけがない。

「いいよもう金は渡さない。小遣いナシで何か買うときは佐代子に確認させてから渡すようにするからね」

「でもあれはお義母さんの……」「お前も知ってたんだよね？　なんでちゃんと止めないかな。ぼけっと毎日何やってるわけ？　近所に恥ずかしくない？　色ボケの祖母なんて葵の教育にも悪いよね⁉」

被《かぶ》せられて、なかったことにされる言葉。言いっ放しで吐き捨てられる言葉。うずたかく積もったそれらの隙間から、佐代子は夫を見つめる。夫は握りしめた缶ビールを眺めている。こんな話をしているときでさえ、夫婦の視線は合わない。

「祖母に〝男〟がいるのと、父親に〝女〟がいるのと、さあ、どっちが教育に悪いでしょう⁉」点滅する電光掲示板を背にして、幻の司会者が迫る。

佐代子は二年前のことをよほど口に出してしまおうかと思った。だが言葉にする前に止《とど》まった。そうやってこれまでずっと、なんとか保ってきたのだ。ささやかな、だけど佐代子が持つ唯一のものを守るために。

「もうしわけ、ないです……」

重々しい沈黙のあと、か細い声が姑から漏れる。首が折れたのかと見紛《みまが》うほど、深く頭を下げている。髪の隙間から覗《のぞ》く骨の浮いた首筋や、薄い頭髪が、目を逸らしたくなるほど哀れに見えた。

「もう会うのはやめてくれるよね？　家族のためにも」

夫の声は今や甘えるような懇願の色を湛《たた》えている。姑は黙って小刻みに頷く。それを見た夫は缶ビールを飲み干すと、満足げに大きく息をついた。

佐代子はまたおかしなドラマを見せられているような気分になる。かくしてみんな末長く平穏に暮らしました——大きな違和感の中に取り残されたまま、増水した川のようなエンドロールに押し流されていく。（そんなのおかしいでしょう！）という佐代子の叫びは誰にも届かず、強引なハッピーエンドの前には無力だった。


滅多に会話しない父親にわざわざ告げ口したと思われる葵は、夫が姑を叱責した翌朝に、佐代子に意味ありげな視線を寄こした。

これまでの葵は、たまに祖母を冷たい目で見ることはあっても、表面上は普通に接していて、それは姑のデートを目撃してからも変わらなかった。だがいまや父親と同じように、聞こえないふりをして堂々と祖母を無視している。それは佐代子が咎めても同じだった。まるで母も祖母もそこに存在しないかのような、完璧な無視。無視に段位があるなら葵は間違いなく有段者だ。

孫の冷めた横顔を見つめる、当惑した姑の悲しげな眼差《まなざ》しを見て、佐代子はいたたまれなくなる。子を戒める親としての威厳も持ち合わせていないのが余計に情けなかった。

成績優秀で品行方正で、ママ友たちから羨《うらや》ましがられてきた子ではあったが、葵は冷たい。人としての基本的な情が、徹底的に欠けている。その態度は思春期の潔癖さからというよりも、いたぶるような嗜虐性《しぎゃくせい》の片鱗《へんりん》に見えた。遠い昔、佐代子が女子校の教室でいつ牙を剥かれるかと怖れた、狡猾《こうかつ》で意地悪な同級生たちのような。

学力は葵ほどでなくても、心根が優しいと思っていた長男も、人間関係に限らずあらゆる面倒ごとを極力避ける、覇気のない男になってしまった。無関心な兄と、無視の得意な妹と。

(私はどこかで、子育てを間違えたんだ)

そんな考えが頭を過った途端、深い虚無の穴底に叩《たた》き落とされるような後悔が襲ってきた。「間違い」などと、親ならば死んでも口に出してはいけない、思ってもいけない。それは子供たちだけでなく、佐代子の妻として母としてのこれまでを、愛情も喜びも努力も忍耐も何もかもを、否定する刃《やいば》だ。

打ち消しても打ち消しても、重ねた修正液の下に元の文字が透けるように、考えてしまったという事実は消えない。姑は息子である夫に対してこんなふうに思ったことはあっただろうか。あの舅と家庭を築いたことを、いつかこんなふうに後悔し、後ろめたく思うことはあったのか。姑の中にあるかもしれない、佐代子と同じ真っ黒な深い闇へ思いを馳《は》せる。

「これ少ないですけど使ってください」

昼食に作った茸《きのこ》スパゲティを半分近く残した姑に、佐代子は食後のコーヒーと一緒に封筒を差し出した。二十年あまりかけてコツコツと貯《た》めたへそくり貯金から、初めて二万円を下ろした。

姑はしばらくじっと封筒を眺めたあと、佐代子の方へそっとそれを押し戻す。

「……ありがとう。でも大丈夫」

「お義母さんのお金をお返ししてるんです。本当はぜんぜん足りないくらい」

「気持ちはとっても嬉しいけど、私のことはいいから、それで葵ちゃんの欲しいものでも買ってあげて」

「あの子にはちゃんとお小遣いを渡してますから。それよりお義母さんの方が心配です。相手の方だって、きっと寂しい思いをされてるでしょ」

姑はまじまじと佐代子を見返す。その手元で、インスタントコーヒーの湯気が頼りなく消えていく。

「佐代子さんは、どうしてそんなに親身になってくれるの？」

予期していなかった質問に、佐代子は一瞬ぼうっとする。どうして？

傷だらけのダイニングテーブルも、結婚当初から使っている合板のチェストも、昼下がりの見慣れた居間の風景が、初めて目にするもののようによそよそしくなる。

「……お義母さんが、私の名前を呼んでくれるから」

元気でいて欲しいから、気の毒だから、夫は横暴だと思うから、数え上げれば理由なんていくらでもあるはずなのに、それらを飛び越えて思わず口をついて出たのは、そんな言葉だった。

でも意外と遠からずな気がする。姑が越してきたばかりの頃、毎朝「おはよう佐代子さん」と挨拶されるたび、胸の奥から立ち上った不思議な気分は、やはり悦《よろこ》びに近いと思う。

「あの、ほら、浩一さんは『おい』とか『お前』で、子供たちからは『お母さん』でしょう。よそで『時田さん』って呼ばれても、どこか取って付けたみたいで」

佐代子は言いかけて、「あ、すみません」口をつぐむ。

つい調子に乗ってしまった。時田家の嫁としてあまりにも口が過ぎる。しかし姑は機嫌を損ねることなく、プッと噴き出した。

「気にしないで。私だって今でもそんな感じ。本当の名前をどこかに置き忘れたみたいな」

「……夫婦別姓を求める若い人が多いのもわかりますよね」

二人でそっと共犯者のように微笑み合う。舅が生きていた頃も、幾度かこんな瞬間があったな、と懐かしく思い出した。気を取り直して、改めて封筒を差し出す。

「これ、どうか遠慮なく受け取ってください」

姑はしばらく逡巡《しゅんじゅん》したあとで、パッと顔を輝かせた。

「そうだ！　佐代子さんも一緒に使えばいいんだ。あの人を紹介させてもらえない？」


佐代子は何年ぶりかで、平日午前中の公園にいる。葵に目撃される心配のない、家からもターミナル駅からも遠い場所という条件で、姑が選んだ。

この大きな公園は、佐代子が若かった当時の人気デートスポットだった。園内の池で一緒にボートに乗れば両思いになれるとか、逆にカップルが乗ると一年以内に別れるとか、いい加減なジンクスがあったものだ。いま空を映す暗緑色の水面には一艘《いっそう》のボートもなく、時おり思い出したように風や水鳥が立てるさざ波が広がるばかりだ。

姑の恋人の長谷川《はせがわ》登《のぼる》氏は、ベージュのハンチング帽に鮮やかな青のマフラーがパッと目を引く、おしゃれな人だった。特にハンサムというわけではないが、鼻が高く、思わず拝みたくなるような穏やかな顔をしていて、アナウンサーばりに滑舌が良い。老齢に不似合いなほど姿勢がよく、気持ちよく笑う人だ。佐代子はイタリアに行ったことはないが、なんとなく彼はイタリアのどこかの街にいても、「ボンジョォルノ！」とかなんとか言いながら、現地に溶け込めそうだな、と思う。

「義母《はは》がいつもお世話になっております」

「こちらこそお世話になってます。あきちゃんにこんな優しそうなお嫁さんがいて、安心しました」

「あきちゃん？」

佐代子が思わず聞き返すと、姑は顔を真っ赤にして長谷川氏の肩をパシンと叩いた。

「ちょっと伺いきなり、いつもは秋子《あきこ》さんって呼んでるのに」

「ホラ、歳が歳だから、記憶がたまに飛ぶんだよ。つい六十年前の癖が出た」

「六十年前は『おかむらー』って呼び捨てだったでしょうが」

「あれ？　そうだっけ。まあいいじゃない、呼びたいように呼ばせてくださいよ」

姑は恥ずかしさを怒ったふりで誤魔化すような、ちぐはぐな表情になった。

聞けば二人は高校の同級生だったと言う。おそらく当時付き合っていたのではないかと思われたが、二人は何も言わなかった。佐代子も聞かなかった。

佐代子はこんな潑剌《はつらつ》とした、喜怒哀楽をはっきり見せる姑を、初めて見た。家では穏やかで控えめで、受け答えもおっとりしているのに、長谷川氏の前ではぽんぽん勢いのある話し方をする。どちらが本当の姑なのか。

二人の会話の端々に、互いの亡くなった配偶者のことや、家族の話題が気軽に顔を出すことにも、佐代子は驚きを覚えた。若いカップルだったら昔の恋人の話など気まずくて避けるだろうに。懐かしい他の誰かとの思い出を一方が語れば、他方はそれを愛《いと》おしむように耳を傾ける。互いの半世紀以上の来し方ごと一緒にいることを楽しむような老カップルを前に、佐代子は一人照れてしまう。

当初は挨拶だけして、デートの邪魔にならないようそっと帰るつもりだった。

「あとは気分の若いお二人で」という軽口まで考えていたのだが、佐代子は結局ずるずると公園の周囲の店々を彼らと一緒にひやかし、途中の和食店でランチを共にし、駅近くの老舗《しにせ》の甘味処《かんみどころ》で食後のデザートまでご馳走《ちそう》になってしまった。

「ご家族でお出かけですか？　いいですね」

「ええ、自慢の娘なんですよ。優しい子でね」

団子セットを運んできた店員のおばさんに気さくにそう答えたあと、長谷川氏はくるりと目を回しておどけた。まさか三人とも血の繋がった親子でも夫婦でもないとは、おばさんも思いもよらないだろう。九歳で母を亡くし、三十を過ぎて父を看《み》取《と》ってからというもの、佐代子は「子」や「娘」と呼ばれたことなど、もちろんなかった。

「ごめんね、ちょっとずうずうしかったか。うちは息子たち夫婦ともみんな疎遠なもんで、娘ってものに憧れがあって、つい」

「私も佐代子さんが来てくれたとき、ウキウキしたわよ」

二人の言葉に、あたたかいものが胸の奥をくすぐり、佐代子は咄嗟《とっさ》に「このみたらし美味《おい》しいですね」と、きなこ団子を頬張りながら言ってしまった。姑も長谷川氏も、そんな佐代子を見てニコニコしている。

「そうだ、今度の公演、佐代子さんも招待していいかな？」

「あぁぜひ。佐代子さん、三月に観劇に行かない？」

「かんげき、ですか？」

「ええ、彼が出る舞台の」

咄嗟に漢字変換ができないくらい馴染《なじ》みのない言葉だった。佐代子がこれまでに観た劇といえば、テレビでチラ見した『人形の家』以外では子供たちの学芸会くらいで、大人が演じる芝居を生で見た経験は、思い出せる限りない。

長谷川氏は仕事を引退後に中高年だけの劇団に所属しているそうで、滑舌がいいのも道理だった。地域のサークル活動みたいなものかと思ったら、ずいぶん本格的らしい。公演場所はプロも使う県の芸術文化センター、演出家も、佐代子は名前も知らなかったが、業界の有名人だと言う。

「演目はシェイクスピアの『リア王』。主役は昔プロの俳優だった人でね、すごい演技をするんですよ。僕は王の腹心の家来、ケント伯を演じます」

長谷川氏が胸を張るように言う。

「あの『銀漢《ぎんかん》』にいたという人でしょ？　登さん、あの劇団好きだったものね」

「そうなんだよ、あそこの研究所を受けようか本気で迷った……結局勇気がなかったけど。僕は本当に意気地なしの若造だったから」

目を伏せた長谷川氏を姑が優しく見つめる。一瞬、当時の彼らの恋のあれこれを想像し、佐代子は自分の〝おばさん目線〟を諫《いさ》める。

『リア王』なら、高校生の頃に英語の授業で原文を読んだことがあった。自分への愛がもっとも深い者に最大の領土を約束したリア王は、深い愛情から美辞麗句を拒んだ末娘と、彼女を庇《かば》った忠臣を追放し、二人の姉娘たちには裏切られる。数少ない味方の貴族は陰謀に巻き込まれ、正気を失い放浪したあとにようやく再会できた末娘は殺され、姉娘同士も男を巡って殺し合い、王は悲嘆と狂気の中に死ぬという、副読本で読むのも辛いくらい陰惨な話だった。

思えば家族が憎しみ合い、裏切り合い、殺し合う悲劇は、古今東西当たり前のように起きてきたのだ。冷たい認識が佐代子の背中に触れる。

「ケント伯という人は、耄碌《もうろく》してしまった主君に追放されても、身分を偽ってまで愚直に傍《そば》で見守り続けた人でね。とことん善良な忠臣という評価もあれば、一番近くにいながら肝心のところで何もできず、むしろ事態を悪化させた人物と見る向きもある」

「なんだか古武士みたいな人よね。信長《のぶなが》に殉《じゅん》じた森蘭丸《もりらんまる》とか、赤穂浪士《あこうろうし》みたいな」

姑が相槌を打つと、長谷川氏は嬉しそうに頷いて身を乗り出した。

「そうそう。古くて、実直な男だと思うんだよ。効率や成果主義じゃない、勝ち組とか負け組でもない。政治家としては失格かもしれないけど、彼はひたすら愛して尊敬してた王がどんなに変わってしまおうとも、その運命の最後まで並走することを選んだ男なんだ……」

長谷川氏と姑の視線が静かに交錯する。見ている佐代子はまた照れてしまい、下顎の辺りがうずうずしてくる。

「そういう考えを劇団の若いスタッフさんたちに言ったら、『長谷川さん、心は私たちと同じフジョシですね』って言うんだよ。婦人の婦じゃなくて、腐った女子って書くんでしょ。佐代子さん知ってた？」

「ええっと、男同士の恋愛ものが好きな女性でしたっけ？」

「そんなの見たことも読んだこともなかったけど、『一緒に腐りましょう』ってわざわざオススメの小説とか漫画を貸してくれてさ、それが結構面白いの！　ほんと意外だったよ」

「登さんも、腐ったんだ……!」

姑が遠慮なしにけらけらと笑うので、佐代子も堪《こら》え切れなくなった。アラウンド傘寿のカップルと五十代の中年女が、ふじょし、ふじょし、と笑い合う光景は、我ながらシュールだった。佐代子は思いのほか、楽しい時間を過ごせた。

駅の改札での別れ際、二人が並んで佐代子に小さな包みを差し出す。

「受け取ってもらえるかな、僕たちからの感謝のしるし」

「気に入るといいんだけど。とりあえず開けて開けて」

促されるまま包みを開くと、アンティーク調の金のイヤリングが入っていた。今日ひやかした店の一つで見かけたものだ。佐代子はガラスケースの中のそれに一瞬で心惹かれたが、こんなもので装う機会も余裕もないし、とすぐに目を逸らした。二人に見られていたことも、いつの間に買ったのかも、まったく気付かなかった。

「そんな、こんな素敵なもの、貰えません。私なんかには、勿体《もったい》ない」

「佐代子さん、『なんか』は自分に使っちゃダメだよ。それは病原菌とか大嫌いな人とかに使うものだよ」と長谷川氏。

「きっと似合うと思うから、着けてみて?」と姑。

恐る恐る耳たぶに挟むと、姑がコンパクトをかざしてくれた。くすんだ肌と艶のない髪を背景にしても、燻《いぶ》した金の繊細な飾りにゆらゆらと彩られた顎のラインと首筋が、いつもよりずっと女らしく、華やかに見えた。

「ぴったり！　とーってもいい。ねえ登さん？」

「うんうん、僕たちの娘はべっぴんさんだねぇ」

「ありがとう、ございます……」

最後にこんな贈り物を貰ったのはいつだったろう。自然と喜びが込み上げる。二人はそんな佐代子の様子を見て、心から嬉しそうだった。あなたが嬉しいと、私も嬉しい——何かのキャッチコピーだったっけ——途端、熱い塊が下瞼《したまぶた》を押し上げた。

「佐代子さん？」

自分でも驚いた。加齢と共に涙腺も緩み、スポーツ中継や〝いい話〟風のコマーシャルでも、いとも簡単に涙が出るようになったとはいえ、自分のことで嬉し泣きするなんて、いつぶりのことだろう。

二人は目を丸くして佐代子を見ている。長年連れ添った夫婦のように、その表情はそっくりだった。

「すみません、お二人に可愛がってもらったら、なんだか……」

止めようと思っても、ぽろんぽろんとはずみがついたように、体内の熱を宿した雫《しずく》がこぼれ落ちてしまう。遠く忘れ去った子供時代から押し流されてきたような涙だった。

半世紀以上も生きててみっともない。何やってるんだろう。更年期障害の揺り戻し？

そんな自意識がどうでもよくなるほど、無言のまま、遠慮がちに佐代子の背に添えられた〝両親〟の手は柔らかくあたたかく、心地よかった。

帰りの電車は早帰りのサラリーマンたちで七割ほど埋まっていた。優先席には老人や妊婦に挟まれて、佐代子くらいの中年男が一人固く目を閉じ、膝を広げて座っている。頭一つ分ほど小柄な姑はつり革だけではあまりにも心許《こころもと》なく、佐代子の腕に摑《つか》まってもらう。

隣の線路を逆方向に向かう電車が次々と通り過ぎたあと、最後の残照が車内に差し込んで、周囲が一段明るくなった。

「あの、『人形の家』読みました」

「どうだった？」

「なんというか……正直、子供を捨ててまで出ていくほどなのかなって。人形扱いと言っても、夫のトルヴァルはノーラをちゃんと愛おしんでますし」

「――トルヴァルの愛は、ノーラが人間じゃなく人形でいてこそ、なんじゃない？『いま振り返ってみると、あたしここで、乞食《こじき》みたいに暮らしていたような気がするの』なんてノーラの台詞もあったわね」

佐代子はどきりとした。引用された台詞は、そのまま姑の言葉のように聞こえた。

「ノーラは人形で乞食だったけど、私は女中かな。言われなくても必要なとき現れて、必要な家事をやって、あとは文句も言わず主張もせず、見えないままの、スーパー女中さんだった」

朗らかな口調ながら、辛辣《しんらつ》だった。でも思い至らないではいられない。自分が家族として存在していないような、まるで古びて邪魔になった冷蔵庫か、常時備蓄されたエチケット袋にでもなったかのような、あの虚しさ——。

「……『間違えた』と思ったことはありますか？」

「何度も。でも考えるといたたまれなくて、どんどん考えなくなって——いつかその状態に慣れて、家族にとってはもっと便利な存在になった」

「べんり、なんて……そんな」

姑と佐代子の境目がぼやけていく。車窓を流れ去る景色《けしき》の中にも、そこに堆積《たいせき》した時間の中にも、何千何百の佐代子や、姑がいた。そしてたぶん、今もいる。

「……私ねぇ、お世話になっておいて恩知らずなのは百も承知なんだけど、今の家を出ようかと考えてて」

「え？　うちを？」

力強く頷く姑の顔は、皺《しわ》や浮いた血管までも夕陽《ゆうひ》の橙色《だいだいいろ》に染まり、晴れやかで、厳かだった。

「誰に名前を呼ばれない存在でも、何よりもまず妻として母として、家族に奉仕するのが幸せ……って思い込みはもう解けたから。残りの人生くらい、〝私自身に対する義務〟を果たして、私としていきたい」

それは正に『人形の家』のクライマックスの言葉だった。主人公のノーラは夫から、妻として母として、夫と子供に対する〝いちばん神聖な義務〟を果たせと言われ、自分は何よりもまず人間で、同じように神聖な〝あたし自身に対する義務〟がある、と言い返して家を出ていくのだ。

姑は〝生きたい〟と言ったのか、〝逝《い》きたい〟と言ったのか。突き詰めれば、人生の折り返し地点を過ぎた身にはそう変わらないのか。そして佐代子もまた、既に折り返した身だった。

「長谷川さんが、お義母さんの名前を呼んだんですね」

姑は、ふふふ、と俯いて照れた。「あきちゃん」がそこにいた。

歳を取るということは、その時々の年齢の人格になるような気がしていたが、姑を見ていると違うのかもしれないと思えてくる。歳月が降り積もっても、人そのものはたいして変わらない。同じ人間に対して、〝いい歳〟だから何かをしてはいけない、しなくてはいけないなどと、年齢を基準に行動を律するなんて、考えてみればずいぶんナンセンスだ。

「浩一たちが名前を呼ばなくても、佐代子さんは自分を大事にして、可愛がってあげて」

「今はお義母さんが呼んでくれるから」

私はもういなくなるかもしれないし、先が長くないから。そうきっぱりと返される。

「だから、今からちょっとずつ、自分でも練習して。お願いよ」

「はい、あきこさん」

口に出して少し照れてしまった。「でも長生きもしてください」

返事の代わりに、姑は佐代子の肘の辺りをぎゅ、ぎゅ、と揉《も》む。長年の友人同士のように、二人で前方へ向き直っても、相手がまだ笑っているのがなんとなくわかった。


夕食の後片付けと明日の分の仕込みを終えて、佐代子は誰もいないダイニングで、あれからずっと着けたままだったイヤリングにそっと触れる。案の定、夫も葵も気が付いた素振りはなかった。顔も見られてないのだと実感すると、やはり少し寂しい。慣れないせいか、金具に挟まれていた耳たぶが少し熱を持っている。左耳だけ外して掌《てのひら》に載せてみると、レースのように編まれた金の細工が掌に複雑な影を落とす。頭上のペンダントライトの光が表面に鈍く反射し、内側から金色に光っているように見えた。

「言っとくけど、ぜんぜん似合ってないから」

いつからいたのか、階段の途中から葵が顔を覗かせ、ゆっくりと降りてくる。薄暗がりにほの白い、磁器のようにつるんとした十代特有の肌が、余計にその眼差しを冷たく見せた。

「……綺麗《きれい》でしょ？　お義母さんとそのお友達から貰《もら》ったの」

「ばーさんに続いておばさんまで何勘違いしてんだか。ババアが無理しておしゃれしてんのほんとキモいんですけど」

葵は乱暴に冷蔵庫を開け、甘いフレーバーティーのペットボトルを取り出した。葵が好きだから、スーパーで安売りしていると、なるべくまとめ買いをしておく習慣がついている。葵はボトルを小脇に抱え、汚いものを避けるように、佐代子から顔を背けて再び階段の方へ向かう。

「葵、お祖母ちゃんが嫌いなの？」

「はぁ？」

葵が振り向く。ぴたりと目が合うと、一瞬狼狽《ろうばい》したように視線が泳いだ。

「何いきなり」

「じゃあ、お母さんが嫌い？」

「……うっざ」

眉間に深い皺を寄せて、吐き捨てるように言う。今にも舌打ちが出そうなほど不機嫌さを露《あら》わにした十七歳の迫力に、気圧されそうだ。

小さい頃は、おかーさん、おかーさん、と兄妹で競うように話しかけてきたものだった。どこかの育児書で読んだ通り、佐代子はできるだけ同じ目線の高さで二人に答えた。幼い葵が兄に遮られ、言いたいことを我慢していそうなときは、「葵の番だよ」と順番を作った。「あのね、」と甘い声で話し出すときの、はにかんだ、でも嬉しそうな顔を、ありありと思い出せる。あの頃は息子や葵の目に、佐代子も大切な存在として、確かに映っていたのだ。

「そう――キモくて、ウザくて、嫌いなのね」

葵は答える代わりに、ゆっくりとペットボトルを持ち上げたかと思うと、いきなり椅子の背に叩き付けた。しっかり閉めていなかったのか蓋が外れ、中身が食卓の天板と椅子の背にこぼれる。葵自身も予想していなかったのだろう、顔が強張《こわば》っている。甘い桃の匂いがリビングに強く立ち上り、布巾を取ろうと佐代子が立ち上がるのとほとんど同時に、

「そういうんじゃない」

掠《かす》れた声が囁《ささや》いた。

「でも、マジでウザい。見ててイライラする」

「なんで？　お母さんあんたに何かした？」

「なんでって。今さら？」

葵はほとんど笑い出しそうだった。瞳の表面が潤んで微かに揺れて見える。

「何かしたんじゃなくて何もしないからでしょ。なんでそんな平然としてるわけ？　うちには何も起きてないし何も問題ないみたいな顔してさ。気味悪い。どっか壊れてんじゃないの？　二年前だって」

ひと息に捲し立てた葵は、肩を上下させて喘《あえ》ぐ。佐代子の中で単語が意味を結ぶのにしばらくかかった。葵はそんな佐代子から狙撃手のように目を逸らさない。

「二年前って……知ってたの？」

「当たり前でしょ」

そういえば、最初に疑いを持ったのは葵の誕生日のときだった。まだ息子も家にいて、家族みんなで祝う機会もこの先少なくなるだろうと、佐代子は例年以上に気合を入れて家族の好物を作った。葵も有名店のケーキを食べるのを楽しみにしていた。だが早めに帰るはずだった夫は連絡が取れず、帰ってきたのは日付が変わってからだった。

まさか、並んで歩くことを拒否したあのときも。いきなり無言で食卓を立ったあのときも。この子は何かを察していたのか。思い当たることが次々と浮かぶ。そのときは訝《いぶか》しんでも、すぐに日常へ塗り込めてしまった。ぜんぶ思春期の不安定さのせいにして。

「自分の父親が母親を馬鹿にしてんのだって、いい加減わかるんだよ。あんなの見たくない。ちゃんと怒ってよ！」

そんなにいちいち怒っていたら切りがない——夫は結局戻ってきたのだから平穏無事な生活が一番——大人になったらあなたもわかる——どこかで借りてきたような言葉、見えない〝世間〟の知恵が、佐代子の中のどこにも触れないまま、胸の奥の、いつの間にか巨大になっていた空洞へ吸い込まれていく。

自分に届かないものが、葵に届くわけがない。

「お父さんのああいう態度なんて言うか知ってる？　モラハラだよ。あんたもお祖母ちゃんも、ずっとモラハラ受けてんだよ！」

「そんな、大げさな」

あまりに飛躍した指摘だった。佐代子だって〝モラル・ハラスメント〟くらい知っている。最近やたらと増えた何々ハラという言葉。葵もきっと何かで聞いて、すっかり感化されてしまったのだ……。

ハッと顔を上げると、葵が全身の力を瞳に込めたように、佐代子を睨《にら》み付けている。その視線になぜか怒りより悲しさを感じた。甘やかな人工の桃の香りが強くなり、胸の奥が痛む。

「――やっぱ嫌い。お父さんも、お母さんもお祖母ちゃんも、みんな大っ嫌い。みんな死んじゃえばいい」

佐代子は二階へ上がっていく葵を、ただ呆然《ぼうぜん》と見送ることしかできなかった。いつの間にか握りしめていた金のイヤリングが、皮膚の上にくっきりと跡を残していた。葵にかけるべき言葉が見つからない。思い付くのはすべて他人の言葉で、自分の言葉ではなかった。自分すら、他人になっていた。

佐代子はぼんやりと、追《お》い焚《だ》きの泡が湯の中を揺らすのを見つめている。いつの間に風呂支度をしたのかも思い出せない。半ば無意識にナイロンのタオルに石鹸《せっけん》を擦《こす》り付ける。ムクムクと大きくなった泡は佐代子よりずっと確かな存在に見えた。洗い立ての二の腕に鼻を近付けても、加齢臭どころかなんの匂いもしない。心許なさに傍へ顔を寄せると、意図せずタオルが擦れ、乳房の先端がキュッとすぼまる。こんな肉体の生理現象も、長いあいだ忘れていた。

恐る恐る指で自分の体を辿《たど》る。久しぶりにまじまじと見つめる自分の肌は、風呂の電灯と湯煙で、淡く発光しているようだった。触れるとこんなにも、と思うほど柔らかい。自分の体の優しさを、佐代子は長く、見ようともしなかった。

あなたが嬉しいと、私も嬉しい――あなたが悲しいと、私もまた。

（怒ってよ）

葵の怒りも苛立ちも、夫と佐代子ゆえだった。あの子は佐代子の代わりに、佐代子が無視し続けた感情を爆発させていたのだ。

悲しみの底で内から力が湧くように感じるのは、たぶん熱い湯で血行が促進されているから。でも体内を巡りながら徐々にスピードを加速させていく血液が、次々と、体の奥に追いやって忘れていたものを、連れてくる気がする。

（あたしには、同じように神聖な義務がほかにあるわ）

（怒ってよ）

（自分を大事にして、可愛がってあげて）

（あたし自身に対する義務よ）

水滴の音、換気扇の回る音、追い焚きの湯が循環する音。ささやかな音たちの中に、葵や姑やノーラの叫びが響く。

「さよこ」

二の腕から弾力を失った乳房を通り下腹へ。恥骨から太ももへ。たるみに昔のすり傷あと。皺と処理をしなくなって久しい毛。肉割れに黒ずみ。指で辿りながら、蔑《ないがし》ろにして目を背けてきた肉体の衰えも含めて、佐代子は「わたし」を正視する。

「佐代子」

自分で触れる。誰にも求められず、醜いばかりと思っていたものが、少しずつ違う姿へひらいていく。膝下に浮き上がる血管を辿り、くるぶしの小さな骨組みを経て、かかとまで達する。水分を失い、滑らかさを失ってもなお、健気《けなげ》に丸い。忌むべき老化バロメーターのように扱っていたものが、今はただ親しくて、愛しい。

佐代子、佐代子、佐代子。わたしはここに。

体が発する熱と一緒に、皮膚表面の水滴も、姑の言葉も、葵の顔も、夫の声も、ゆっくりと蒸発していく。感情は洗い流され、裸の佐代子は誰のためでもなく、ただ自分のためだけに、そこに存在していた。

幕間

　リア王が消えた。

　開演時間が刻一刻と迫る中、楽屋は行方不明のリア王役・阿久津翁《あくつおう》の話題でいつも以上に騒然としていた。早々に支度を終えた長女ゴネリル役の太田紀江《おおたのりえ》は、静けさを求めてそっと部屋を出る。

（ダブルキャストの森《もり》さんがいるんだし、騒いだところでなんにもならないのに）

　廊下を進むパンプスのヒールの音と、長いドレスの裾が床を擦《こす》る音、それらを立てているのが自分だという実感がなかなか湧かない。七十年近い人生の中で、ほとんど縁のなかった音たちだった。

　通用口に近い休憩スペースには先客がいる。三女コーディリア役の三橋芳子《みつはしよしこ》が口に太くて短いストローのようなものを咥《くわ》えながら「あら、お姉様」と手を振った。

紀江は気まずい思いが顔に出ないように気を付ける。三橋は最年少ながら女性団員のボス的存在で、紀江と一番仲のいい団員は、彼女を「派手好きの男好き」と毛嫌いしている。ずっとフルタイムで働き、独身で子供もいないという点で、紀江と三橋には他の女性団員と比べて共通項が多いのだが、性格の相違は如何《いかん》ともしがたい。しかも三橋は元々、次女リーガン役か長女ゴネリル役を狙っていたという経緯があった。

「何飲んでるの？　お薬？」

「マヌカハニー。喉にいいの。よかったらどうぞ」

差し出された小さな円筒形の美しい箱には透明なスティック状のものが何本も入っている。高そうだなと思ったが、紀江はありがたくそのうちの一本を引き出す。吸い口を開けて吸ってみると、控えめな甘さのとろっとした液体が舌を伝い、ゆっくりと喉元へ落ちていく。

「いいね、そのゴネリルの衣装。紀江さん濃い紫色がお似合い」

「芳子さんもすごく清楚《せいそ》なコーディリア。スタイルいいから白でも締まって見えるわねぇ」

「そう？　でも私、コーディリアみたいに清純ぶって不器用で真面目《まじめ》な子、本当は苦手なのよね。あんな横暴な父親さっさと見捨てて、フランス王と楽しくやればいいいのに」

紀江の顔が微《かす》かに強張《こわば》る。公務員という肩書きと、決して愛想の良くない性格から、〝不器用そうで真面目そう〟は若い頃からの紀江の第一印象評だった。

「やっぱり私はゴネリルかリーガンで、紀江さんがコーディリアの方が――ずっとそう思ってたけど、正直あなたのゴネリル面白い」

「ええ？　ありがとう……」

「お世辞でも負け惜しみでもないのよ？　父の前では優等生ぶってた女が、悪や色に目覚める感じがいいのね。ほら、私だとどっちも元から全開だし」

紀江は「そうね」と素直に同意しがたくて目が泳ぐ。自分の演技がそんなふうに見えているのかと、新鮮な気持ちも湧いてくる。

「あなただってこれまで生きてきて、男を平気でズタズタにするような女に、一度くらい憧れたでしょ」

〝悪い女〟になりたい――その欲望は四十年あまりの歳月を清く正しく働く間も、確かにずっと、紀江の奥深くに眠っていた。野心満々で若く魅力的なエドマンドに堂々と不倫を仕掛け、夫のオールバニー公の臆病を罵り倒すシーンは、何度演じても唾《つば》が湧き、胸が躍る。

「あたしも芳子さんのコーディリア、純粋で控えめなだけじゃないのがいいと思った。屈強なフランス軍を本当に率いてる感じ」

「え、本当？　わかる⁉　自分の中でコーディリアは、甲冑《かっちゅう》姿でドーヴァーを渡ってきたイメージで演《や》ってるの」

「天下のフランス王を尻に敷いてね」

群雄割拠の欧州を股《また》に掛ける悪い女と強い女。二人は優雅に微笑《ほほえ》み合い、「そろそろ参りましょうか」とゆっくりとドレスの裾を持ち上げた。

＊

リア王が消えた。

周囲が浮き足立つ中、ケント伯役の長谷川登《はせがわのぼる》は、王がダブルキャストの阿久津翁、森翁のどちらになろうとも忠実に仕えるのみ、と落ち着いたものだった。芝居の始まる前から、既にどんな状況でも信念の揺らがないケント伯になりきっている。

関係者枠で席をもう一つ確保できないか相談するために事務局を訪れると、どこかで見覚えのある、薄いごま塩頭の男が職員の女性に詰め寄っている。当日券を買おうとしているようで、チケットが高すぎる、もっと安い席はないのか、などと文句が聞こえた。

「あのう、もしかしてワークショップに来てた方じゃないですか？」

「はぁ？」吉松一雄《よしまつかずお》は振り向いた途端ぎょっとする。髭面《ひげづら》に彫りを深く見せる濃い舞台メイクを施した男にいきなり話しかけられたのだから無理もない。

「ああやっぱりそうだ。三橋芳子さんのお知り合いでしたよね」

「え、まぁ、その……」

一雄は相手が二年前のワークショップで最初に引き合わされた〝イタリア男〟だと気付く。

「おたくも、今日の芝居に出るんですか」

「そうなんです。あ、芳子さん呼んできましょうか？　たぶんもう支度は終わってるはず」

「いや！　いい、いいですから」

一雄の慌てた様子に長谷川は何かを察する。「じゃあ、僕の関係者割引で買えばいい」とチケットの購入手続きを手伝った。一雄は一五パーセント割り引かれたチケットを手にして頭を下げた。

「どうも、お手数をかけて」

「いいえいえ。それにしても、あのときのお二人のエチュード《即興劇》は素晴らしかった！劇団の中でもちょっとした語《かた》り種《ぐさ》ですよ」

「いや、あれは……」

「芝居の経験がないなんて信じられませんでした。才能ってのはいくつになっても花開くものですねぇ」

「……あれは、そんなんじゃない。ぜんぜん、違うんです」

打ちひしがれた一雄は、ボソボソと低い声で、あのやり取りは一雄と三橋芳子との間に実際にあったことだと告白した。

「今さら蒸し返されても、どうしろというのか……今でこそセクハラだのパワハラだのって言われるけど、当時はあのくらい普通だった。皆やってた。あんただって、覚えはあるでしょう？」

「――あんなひどいのは、ないですね」

長谷川はきっぱりと言った。王にだって真実を告げることを恐れない男・ケントに相変わらずなりきっている。

「確かに価値観は昔と今とでは色々変わってますが……変わったというより、ずっと無視されてきたことが明らかになったというのが近いんじゃないかな。誰かが傷付けられた事実は変わらないわけで、僕も謙虚な気持ちで、変わるべきところは変わりたいと思いますよ」

「そんなのかっこつけの、綺麗事《きれいごと》だ！　あとからならなんとでも言える。こんな、こんな歳になって……今さら変われるか！」

　一雄は唇をわななかせ、絞り出すように叫んだ。

「――気まずい相手が出演するのがわかってて、なぜ今日はこの芝居を観に来たんです？　そもそも芝居を観たことあるんですか？」

　長谷川の質問に、項垂《うなだ》れた一雄の薄い頭が、ふるふると左右に振られる。

「なぜかわからないけど人生で初めて芝居を観に来た、と。あなた、ちゃんと変わろうとしてるじゃないですか。しかも、少しだけ変わった」

　手元のチケットを指され、一雄は呆《ほう》けたように長谷川を見上げた。これまで知らなかった、故に名付けようのないものが、じわりと胸を押し上げる。

「あっと、僕も早くチケットを確保しないと」

　長谷川は弾《はじ》かれたようにチケットカウンターの方へ踵《きびす》を返した。

「あの、あなたの名は……」

「恋人がねぇ、お嫁さんと観に来てくれたんですけど、なんと孫娘まで！　こっそり付いてきちゃったそうで。両手に花どころか頭にも花ですよ。もう僕びっくりするやら嬉《うれ》しいやら。じゃ、楽しんでくださいね！」

　一雄のなけなしの勇気は、長谷川の惚気《のろけ》に飲み込まれた。そこにいたのはもはや優しく頼もしい忠臣・ケント伯ではなく、鼻の下を伸ばした長谷川登その人だった。

＊

リア王が消えた。

パートナーの瀬能大樹《せのうだいき》からそんな緊急メッセージを受け取った竹之内俊介《たけのうちしゅんすけ》は、先ほどまで公園管理事務所だけでなく、周辺の警察署や大型商業施設などを回り、阿久津勇《いさむ》なる、会ったこともない老人を見つけるために奔走していた。専属のサポート役として大樹がひどく責任を感じている様子だったのもあるが、とても他人事《ひとごと》とは思えなかったのだ。俊介の祖父のような存在の人も、認知症を発症してから二度ほど行方不明になりかけたことがあった。

「戻ってきた」という連絡を受け、芸術文化センター内のカフェでようやくひと息ついていると、窓際の席に見覚えのある女性が座っているのに気が付いた。

「あのう、太田《おおた》様ですよね？　以前マンション購入セミナーにいらしてくださった」

見知らぬ若い男に突然話しかけられて、読書に夢中になっていた太田千鹿子《ちかこ》は目を瞠《みは》る。俊介は白いマスクを顎まで下げ、「MM不動産におりました、竹之内です」と会釈した。

千鹿子はそれが、前の会社にいた頃に参加した女性のためのマンション購入セミナーの、個別相談会の担当者だったことを思い出す。顔の大きさに比してずいぶん大きな目と、髪型といい話し方といい、清潔感の塊のような雰囲気に覚えがあった。

「その節はお世話になりました。よくおわかりになりましたね」

コーヒーを飲むためにマスクを外していたとはいえ、千鹿子は自分が印象の薄い顔であることは自覚していた。

「実は僕、個人相談を担当するの太田様が初めてだったんです。だからちゃんとお役に立てたか特に気がかりで。その後マンションのご検討などは……？」

「あのあと転職したりでバタバタして一旦保留に。でも新しい職場で落ち着いてきたのでまた考えようかと思ってます。やっぱり老後に賃貸は借りにくくなるかな、と心配なので」

「そういうご不安をお持ちの方は多いです。僕も賃貸で色々苦労したのでお気持ちわかります……あの、僕も転職しまして、というか一旦フリーになったんですけど、今年中には仲間と法人格にする予定で」

俊介は真新しい名刺を差し出す。そこには緑色のアルファベットで「インクル・ハウジング」と書いてあり、氏名の上には宅地建物取引士、マンション管理士といった資格が列挙されている。

「同性カップルや独居高齢者、外国籍の方や障がいのある方など、住まい探しに苦労を強いられる方をいろんな形でサポートしたり、オーナー側とマッチングさせたり、そういう方たちのために空き家を活用したコーポラティブハウスを企画からお手伝いしたりしてます」

「わぁ、すごくいいですね。よく独身の友人たちと話してるんですよ、老後はみんなでシェアハウスもいいねって。新型ウイルス禍で独り住まいの気楽さも不安も十分味わいましたから」

千鹿子も自分の名刺を差し出す。一般的には知られていないが医療機器メーカーとしては大手で、新型ウイルス禍の中でも業績を伸ばしてきた会社だ。そちらへ先に転職していた元同僚が千鹿子の解雇を知り、人事部へ紹介してくれた。キャリアへの野心が薄かろうが、きっちり仕事をする人だから、と。小巻沢虹彦《こまきざわにじひこ》ファンの彼女と、これから合流して一緒に観劇する予定なのだ。

「あ、もうすぐ開場みたいですね。竹之内さんはどなたかとお待ち合わせですか」

「ええ、祖父とそのヘルパーさんと。実はパートナーが出演するんです。彼は若手なんで今回の公演ではあまり台詞《せりふ》のないサポート役なんですけど」

「え⁉ すごい偶然！ 私も叔母《おば》が出演するんですよ。リア王の長女の役」

「超重要な役じゃないですか！ 叔母様、トーラスの団員だったたんですね」

「はい、普通の公務員だったはずが、いつの間にか俳優の卵に」

「素敵ですね、そういうの」

「面白い人生ですよねぇ。私も見習わないと」

俊介は大樹のことを「友人」と言うつもりが、はずみで「パートナー」と言ってしまったのだが、千鹿子の変わらない様子をうかがい、この人なら大丈夫か、と思った。

*

リア王が消えた。

つい先刻までのそんなバックステージの混乱を知る由もなく、二人の少女はロビーに四つ並んだ椅子の端と端に、所在なげに座っている。それぞれ成り行きでここまで来てしまい、学校の課外授業をのぞいては演劇など観に来たこともない二人は、互いに年齢の近そうな子の存在に密《ひそ》かにホッとしていた。

時田葵《ときたあおい》は制服の膝の上で開いていた予備校のテキストをそっと閉じ、思い切って声をかけた。

「お祖父《じい》さんかお祖母《ばあ》さんが出演するの？」

話しかけられた上村琴音《うえむらことね》は、相手のキツそうな顔立ちからはまったく想像していなかった柔らかな声と、優しげな口調に少し驚く。

「隣の部屋に住んでる人が、リア王で」

琴音は葵の、頭上に大きなクエスチョンマークが見えそうなほど訝《いぶか》しげな表情に慌てて、

「そこの公園で偶然会って、なんか勢いでここまで連れてこられて」

付け加えたが、ますます意味不明な説明になってしまった。

「……わけわからないですよね。私もよく状況が飲み込めなくて」

「うん、すごい謎設定。でも似た者同士かも。こっちもお祖母ちゃんの彼氏が出演するみたいでさ。お母さんとお祖母ちゃんを尾《つ》けてきて、さっき初めて知ったんだけど」

「え、色々意味が」

「わからないよね。あたしもそう思う」

葵が頷《うなず》きながらプフッと噴き出したので、琴音も釣られる。

ジジババ謎多すぎ——なんなんあの人たち——初対面の緊張がほぐされて、琴音も葵も、はずみのように出てくる小さな笑いをなかなか止められない。

「あと、気を悪くしたらごめん。女の子……だよね？」

「はい。よく間違われるし、ぜんぜん気にしてないです」

「K-POPアイドルばりのイケメンかと思ったから、声聞いてびっくりした」

「や、そんな……」

琴音は自分でも顔が赤くなるのがわかった。

「……あの、その制服、S高校のですよね。すごい」

「今日ホントは部活行くはずだったから。そっちは中学生？」

琴音は頷き、来年の受験ではS高を受けたいのだと言った。

「うちの高校、大変だけど楽しいよ。マジでおすすめ」

「……いじめとかは、ないですか」

葵は一瞬ポカンとしたが、すぐに琴音に体ごと向き直って答える。

「少なくともあたしの周りでは、ない」

琴音はその言葉の真偽を測るように、強い視線で葵の瞳を見返す。一切の誤魔化しを拒否する二人の少女の眼差《まなざ》しがぶつかり合った。

「勉強や部活で忙しいし、変わり者が多くてみんな独立独歩だから、仲間はずれとかも成り立たない。あたしも中学にあまりいい思い出ないけど、高校でホント解放されたもん」

「――いいなぁ……！」

琴音が心から羨《うらや》ましがっていることは、葵にもわかった。

「絶対おいでよ。あたし今二年だからちょうどすれ違っちゃうけど」

「でも合格できるかどうか…うちお金ないから塾とか行けないし」

県立S高校は県下随一の難関で、琴音の中学から進学できる子は毎年数人しかいない。今学期の期末テストに向けた勉強も、久保田花《くぼたはな》のことがあってからずっと手につかない状態だった。

「内申しっかり押さえておけば、入試ではそんなひねった問題出ないよ。そうだ！　あたしが高校受験で使った参考書とか塾のテキストいる？　この間ちょうど整理してたの」

「え、でも」

さっき会ったばかりの人にそこまでしてもらっていいのだろうか。琴音のためらいに構わず、葵は椅子二つ分の距離を詰めると、「とりあえず連絡先交換しとこ」とスマホを取り出した。戸惑《とまど》いと嬉しさの入り混じった様子で、慌ててメッセージアプリを立ち上げる琴音に、葵はどこかむず痒《がゆ》そうにしながらぼそりと言った。

「あたしだって本当は、優しくなりたいんだよ」

「え？」

「でも今さら周りには素直になれなくって……ちょっと練習。それだけのことだから」

琴音にはやはり意味がさっぱりわからない。でも先ほどはそうと気付かず、数週間ぶりに笑うことができた。今いるのは、朝には想像もしていなかった場所だ。この世界にはこんな〝もしもあのとき〟もあるのかもしれない。琴音はそんなふうに思い始めていた。

終幕　今日

ゴールド・ライト

『リア王』の大きなフラッグが下がった街灯を左に折れると、突然視界が明るくなった。

午後の陽《ひ》の下にさらに光が灯《とも》ったような黄金色《こがねいろ》が、阿久津勇《あくついさむ》を包む。山茱萸《さんしゅゆ》、あるいは春黄金花《はるこがねばな》とも呼ばれる樹が、五十メートルほどの遊歩道に沿って整然と植えられていた。ちょうど満開の時期なのか、常緑の森と青い空を背景に、細い上向きの枝に小さな花がちりばめられて、辺りが黄金色にけぶったように見える。

――あなたは金色の花道を歩いているの

彼女の声が、すぐ傍《そば》で聞こえた気がする。まるで若かった自分たちの夢見た景色《けしき》が、数十年の時を越えて突然目の前に現れたようだった。

自分はまた狂ったリアの世界へ戻ってきたのか。それともこの目に映る世界はとっくにリアの狂気に侵されていたのか。勇は綻びを探して辺りを見回す。家族連れやカップル、大仰なカメラを構えた中高年のグループ、そして上村《うえむら》の娘……たくさんの人がいるのに、辺りは不思議と静かだった。でもすべてが間違いなく現実だ。

勇は声にならない叫びを上げる。二度と戻らないあの時間には決して届かないとわかっていても、内から突き上げる衝動に任せた。手の中に握りしめたがま口は人肌のようにあたたかく柔らかい。

〝この世界から消えるべき理由〟？　そんなもの、数え切れないほどある。

むしろほんの三年前まで、勇にはそれしかなかった。若さを失い、情熱を失い、彼女を失い、生きる意味も気力もなくして、いつの間にかいたずらに老いを重ね、母を看取《みと》ったあとは、ただじっと死を待つだけだった。

なぜこんなになってもまだ生きているのか――（それこそ俺が聞きたい）

この世界にそんな価値はあるのか――（知るかそんなもの）

死ねなかったのか――（そうかもな）

後ろを付いてくる上村の娘が納得しそうな言葉を、勇は何一つ持たなかった。八十年も生きてきて、この有り様だ。

（それでも今、俺はここにいる）

その上に、足掻《あが》きに足掻いて見つけたひどく馬鹿馬鹿しい望みを、いまだ捨てられないでいる。背後を走る娘に、なんと言えば届くのだろう。

地面を蹴る自分の足音がどたりどたりと無様に響く。鉛のように重くなった四肢がもう上がらない。膝から太ももにかけて鈍い痛みが広がり、息が切れる。この命の終わりがそう遠くないことを自覚すればするほど、視界は鮮明に輝いた。奥底から湧き上がる感情の渦が衰えた体には収まりそうにない。勇は再び咆《ほ》える。黄金にけぶる道の先がぐんぐん開けていく。

もう半世紀以上も昔、勇は節子《せつこ》に出会った。

長野から大学進学のために上京した勇は、たまたまもらった『ハムレット』のチケットでなんの気なしに観た演劇というものに、たちまち魅せられた。それまで故郷で映画には親しんでいたが、銀幕の向こうの遠い世界より、生身の俳優によって目の前で展開される舞台の濃密さは圧倒的だった。大学の授業に出る代わりに劇場に通い詰め、チケットを買うために教科書代だけでなく、いよいよ授業料にも手をつけようかという頃、つき動かされるように「銀漢《ぎんかん》」という中堅劇団の俳優養成所に入った。

その頃の東京では、戦中から戦後にかけて創立されたいわゆる三大新劇団が円熟期を迎え、歴史に残る名舞台が次々と上演されていた。一方、大劇団の権威主義やイデオロギー化に反発を覚えた俳優養成機関の卒業生や、西洋古典に依《よ》らないオリジナル戯曲《ぎきょく》にこだわった演劇人が新たな劇団を立ち上げ、さらには主流派の演劇教育に抗《あらが》った学生劇団なども台頭し、演劇界が百花繚乱《ひゃっかりょうらん》の様相を呈して次なる進化を目指していた時代だった。

節子は養成所仲間の従姉《いとこ》で、高校卒業後に女二人で上京し、都内の小さな会社で事務員として働いていた。稽古終わりに皆で飲んだあと、彼女たちのアパートに数人で押しかけたのが初対面だった。誰もが美人と認める女優の卵の従妹と違い、節子は目鼻が大きいばかりでバランスが微妙に悪かったが、その分親しみやすさがあり、仕草や表情も可愛らしかった。

「芝居のうまい人は信用できない。だって上手《じょうず》に嘘《うそ》をつけるってことでしょう」

養成所同期の中の一番の劣等生で、そのことをいつも揶揄《やゆ》されていた勇に、節子が最初にかけてくれた言葉だった。慰めのつもりなのだろうが、まったく慰めになっていない。それがおかしくて、むしろ心が軽くなった。大勢で盛り上がる場でも、一歩引いてそれを眺めがちな二人は、部屋の隅や店のテーブルの端に互いを見つけては、よく隣に座るようになった。勇は元来無口だったが、普段おとなしい節子は、二人きりだとよく喋《しゃべ》った。

「チェーホフって退屈で好きじゃないけど『三人姉妹』だけは少し笑えた。あそこまで悪いことずくめでみんな始終嘆いてるのが、逆におかしくって」

「あのシラノの付け鼻はいらないと思う。明らかに嘘の鼻のせいで、元々シラノの方がクリスチャンよりずっと素敵なのを周りが気付かないのが、余計に不自然だもの」

大学出が多く、競うように舞台や戯曲の知識を披露し合い、時に頭でっかちな演劇論を戦わせてきた劇団仲間と違い、節子は感性の人だった。てらいのない素直な彼女の感想が聞きたくて、勇はカツカツの生活の中でなんとか金を捻《ひね》り出しては、芝居や映画に誘うようになった。

中肉中背、十人並みの容姿で、演技もぎこちない勇には、研究発表公演でもいい役が付くことはなかったが、節子は勇がどんな端役《はやく》でも、毎回ちゃんと感想をくれた。

「三人で話すとこ、あそこで一回真顔になって早口で喋り出すのが面白かったぁ」

「椅子を持ち上げるのを見て、本当に腰を痛めてたのかと思った」

「あのお祝いの場面で浮かべた表情がすごく情けなくてじんとしちゃった」

舞台中央の主役たちのやり取りに観客の視線が集まっている場面で、誰に観られることも期待していなかった勇の細かい演技さえ、節子の目は捉えていた。

「あんな舞台奥の、ライトもろくに当たってないとこ、よく見てたね……」

「だって私、阿久津さんの演技が好きだもの。わざとらしくなくて、毎回ぜんぶ別人なのに自然にその役にちゃんと見える……私は素人《しろうと》だけど、それってすごいことだと思う。中でも今日は一番！」

　それは二年目の中間公演のときだった。いつも通り台詞《せりふ》がわずかしかない役ではあったが、間合いも動きも、勇はこれまでで一番うまくできたと思っていた。同期や演出家、関係者の誰からも何も言われなくても、節子だけは見てくれた、わかってくれたのだと思うと、涙が出そうだった。そうして「阿久津さんの演技が好き」は、勇の中で直ちに「阿久津さんが好き」に変換されていた。舞い上がった勇の、緊張で滑舌がめちゃくちゃになってしまった告白を、節子は涙ぐんで受け入れてくれた。

　同じ頃、故郷の養父に大学へ行っていないことがばれ、復学するか実家へ帰るようにと迫られた。戦争で夫を失った母を子連れで娶《めと》った養父は、滑稽《こっけい》なほど母にベタ惚《ぼ》れで、年中いちゃつく二人の隣で身の置きどころがなかった勇にとって、故郷へ帰る選択肢は考えられなかった。

　仕送り付きでの復学か、自力で研修生を続けるか、勇はすぐには決断できなかった。演出家や講師たちからは、華がない、色気がない、個性がないと言われ続け、褒められるのは裏方仕事ばかりという有り様で、本当にプロの俳優になれるのか、自信が持てなかったのだ。だが節子が勇の背中を押してくれた。

「あなたはきっといい俳優になれる。夢で見たもの、大勢のお客さんが注目する中で、あなたは金色の花道を歩いているの。私の夢って結構当たるよ？　東京でどんな場所に住むかも、中学生のときに夢で見てたんだから」

「花道って、歌舞伎じゃあるまいし」

「ああそっか。でも私、あの夢を見てすごく嬉《うれ》しかったの。本当に、胸が痛くなるくらいに」

文字通りの夢物語、十人中十人が聞いたら笑うような、他愛ない励ましだった。でも勇にはそれで十分だった。

間もなく実家からの仕送りは打ち切られ、アルバイトと養成所を行き来する生活が始まった。幸いにも好景気の只中《ただなか》で、仕事はそれなりにあった。ただそれまで働いたことのなかった勇は、いくら貧乏学生を気取っても、十分ぼんぼんだったことを否応《いやおう》なく自覚した。家賃五千円分を稼ぐことがどれほど大変か知らなかったのだ。芝居や映画を観て、節子と食事にでも行けば、瞬く間に生活が逼迫《ひっぱく》する。月末に金がなくなったときなどは、血液銀行に売血に行くこともしばしばだった。栄養不足と貧血で、稽古場で倒れたこともあった。

「舞台に立てなくなったらどうするの？　ご飯はうちで食べてって」

心配した節子の家で毎日夕食を食べさせてもらうようになり、研修生から劇団の正団員に昇格する頃には、なし崩し的に同棲《どうせい》を始めた。彼女の従妹はそれよりずっと以前に活動家の恋人と暮らすためにアパートを出ており、その頃台頭し始めたアングラ劇団に移籍してしまっていた。

勇と節子はお互いにキスもセックスも初めての相手だった。勇は大学や養成所の同期たちのように、経験豊富な年上やプロを相手に予行しておくべきだったとよほど後悔したが、節子は勇の不器用さを優しく受け止めてくれた。ああでもないこうでもないと夜明けまで試行錯誤を繰り返し、ようやく完遂できたときは、二人とも疲れすぎてすぐに寝てしまった。だがそれは勇にとって、かつて経験したことのない、幸福な眠りだった。

一緒に暮らし始めると、互いの意外な癖やこだわりが見えてくるのが新鮮だった。彼女は勇の、布団を頭にすっぽり被《かぶ》り丸くなって眠る習慣を「熊の冬ごもり」と笑った。それは幼い頃に毎夜のように苛《さいな》まれた母と養父の夜の営みの声から逃れる術《すべ》が、いつしか癖になったものだということを、勇は黙っていた。そうしていれば次第に禍々《まがまが》しい記憶が節子との時間によって浄化され、別の綺麗《きれい》なものに塗り替えられていくような気がした。

節子は節子で、合気道の練習という意外な朝の日課があった。祖父が師範だったらしく、女優の従妹も一緒に習っていたと言う。

「もし怒らせてたら、投げ飛ばされるところだったのか」

「合気道は攻撃しないの。あくまで受け身で相手の勢いを利用して……そうだ、勇さんにも教えてあげる」

半ば無理やり呼吸法に回転や膝行《しっこう》といった基礎の動きを覚えさせられた。

隣人たちには「朝から仲がいいのねぇ」とあらぬ誤解を招いたようだったが、互いの息を合わせて座ったまま組み手をするのも、慣れていくと愉快だった。呼吸と共に姿勢や体幹を意識するようになり、劇団の稽古前のいい準備運動にもなった。

合気道の成果か、節子と暮らすことで心身が安定したせいか、芝居のテンポや台詞回しがよくなったと先輩や同期から褒められることが次第に増え、徐々に群衆役から脱し、名前のある役に付けるようになった。定期公演の『ハムレット』でハムレットの親友・ホレイショーの役が付いたときは、節子が豪勢にもすきやきを用意してくれた。

「若いうちに『ハムレット』、中年になったら『オセロ』と『マクベス』、歳を取ったら『リア王』で、きっとタイトルロールを演《や》る……もしリアを演じながら、役のまま舞台で死ねたら最高だよな」

奮発した赤玉ワインの酔いも回り、勇はどこまでも気が大きくなっていた。シェイクスピア四大悲劇のすべての主役を演じた俳優が当時の日本にいたのかどうかも知らなかった。

「じゃあ私はそれをきっと客席で観て、お疲れ様って拍手するね」

「えっ……」

それはそのときまで共にいてくれるということで、ほとんどプロポーズじゃないか。

勇はそう思い至ると頭ごと爆発しそうなくらい頬が熱くなった。思えば交際を申し込むときも彼女から水を向けてもらったようなものだった。今度こそ、自分から
――内から突き上げられるように、気が付くと口に出していた。

「いつか主役張って、俳優の給料だけで食っていけるようになったら、結婚しよう」

アルコールと熱に浮かされた視界の中の節子はぼんやりしていたが、何度も頷《うなず》いた瞳が潤んでいるのはわかった。スポットライトを浴びて金色の花道を歩く自分と、それを見守っていてくれる彼女の姿が、本当に見えるような気がした。

(夢物語なんかじゃない、これは未来だ)


芸術文化センターの通用口に飛び込むと、勇は出会い頭に危うく瀬能大樹《せのうだいき》にぶつかりそうになった。勇のプロンプター《台詞の付け役》を兼任するこの若い役者は、既にメイクも衣装も身に着けて、絵から抜け出たような美丈夫の、逞《たくま》しいブリテン騎士になっている。

「勇さん！　どこ行ってたんだよ!?　もうずっとみんなで捜して……」

「申し訳なかった」

勢いよく腰を折ると、派手に関節が鳴った。

勇がホールを抜け出していた間、一番心配してくれたのは間違いなく彼だったろう。新型ウイルス禍が収まり、稽古が再開されてからこの四ヶ月の間、瀬能は台詞合わせに付き合ってくれたり、演技や人物の解釈の相談に乗ってくれたりと、惜しげもなく勇をサポートしてきてくれた。

「昔の知り合いを見かけた気がして、つい公園まで追いかけてしまった。本当に迷惑をかけた」

「とにかく早く田村《たむら》さんとこへ——知り合いって、後ろの子？」

瀬能の言葉に振り向くと、上村の娘はまだそこにいた。公園からここまで、まったく後ろを確かめもせずに来てしまったが、律儀に勇のあとを付いてきてくれた。

今さらながらにホッとする。当の娘は走ったせいか、あるいは瀬能に正面から見つめられたせいか、頬が真っ赤に上気している。

「私は……」

「この子は俺の招待客だ。あの一つだけ取ってある席の。すまんが事務局で手続きしてやってくれるか」

「わかったから、急いで」

答える瀬能の横で、上村の娘が何か言いたそうなのを、勇は手で制した。

「どうか観てってくれ、年寄りの最初で最後のお願いだ。必要ならあんたのお母さんには俺から話す」

老人の伝家の宝刀を抜いてしまった。若い者の同情を利用することだけはすまいと、これまで自分に課してきた戒めをあっさり覆してしまうくらいに、勇は必死だった。

「……いいです。自分で電話するから」

上村の娘は俯《うつむ》いたまま、しかしはっきりとそう言った。

「早く！　開場まであと一時間ちょっとしかない」

瀬能に再び促され、勇は彼女をあとに、軋《きし》む膝を無理やり高く上げて階段を駆け上った。


楽屋にはメイク係の田村氏と衣装係の大門《だいもん》氏の他に、小巻沢《こまきざわ》氏、演出補の井手口《いでぐち》とリアのダブルキャストである森《もり》までが揃《そろ》っていた。勇は瞬時に状況を理解する。

「阿久津さん、本番前に何してたんですか⁉　無責任にもほどがある！」

万年学生のような井手口の、初めて聞く怒鳴り声だった。既に衣装を身に着け、大部屋の隅で聞き耳を立てていた数人の出演者たちの表情が強張《こわば》る。井手口の背後で、滅多に取り乱さず、いつもあまりにも穏やかすぎて、むしろ腹の底では何を考えているかわからないことで定評のある小巻沢氏が、表情だけは静かなまま、しかし明らかに怒気をはらんだ声で、

「いま森さんの支度を始めてもらうところですよ」と言った。

「たいへんな迷惑をかけて、申し訳ありませんでした。井手口さんも森さんも、本当にすまない。言い訳はしない。でもせめて今日だけは、俺に演らせてくれ。どうかお願いします」

気が付けば自然と土下座の姿勢になっていた。リノリウムの床についた膝から寒気が一気に這《は》い上がり、腰の真ん中辺りの神経が悲鳴を上げる。

「少し二人で話します。森さんの支度は一旦待ってください」

そんな、無茶です、もう時間が――言い募るスタッフたちの声を無表情の沈黙で制して、小巻沢氏は廊下の奥の自分のオフィスへ勇を誘った。滅多に足を踏み入れたことのない部屋の、奥一面の窓の向こうには、勇が先ほどまで彷徨《さまよ》っていた公園の緑が一望できる。

「こんな大事な日に、準備を放り出して何をしていたのか、ちゃんと説明してください」

勇は大きく息を吸い、吐き出す。腹の中心が徐々に安定していく。

「……遠目でしたが、数十年ぶりに元女房を見かけた気がして……公園の中まで追いかけて、捜してたんです。でも人違いだった」

「四大悲劇を演ると約束した方ですか？」

勇は神妙に頷く。小巻沢氏が覚えていたのが意外だった。

勇はトーラスシアターの入団オーディションのときの面接で、「若いときの無謀でたわいない虚勢でしたが」と半ば自嘲《じちょう》気味にあの約束のことを話していた。シェイクスピアの演出では本場イギリスでも認められている氏へのアピールのつもりだった。

「『三つはもう無理でも、せめて最後の一つだけでも、半世紀越しの約束を果たせる機会を貰《もら》えて嬉しい』阿久津さん、配役発表のあとにそう言いましたよね。この舞台があなたにとってどれほど大事なものかわかっているつもりでしたから——手ひどく裏切られた気分です」

小巻沢氏の口調がどこまでも淡々としていればしているほど、勇は強い自責の念に駆られた。

自分より二十歳近く若いが、心から尊敬できるこの演出家の期待に応えることが、ここ数年の勇のよすがだった。小巻沢氏がいなければ、勇は上村の娘が言う通り「なぜ生きているのかわからない」まま、長野で独り居《ひとい》の古い家と一緒に、ただ死を待つだけの人間だった。

――年齢を重ねた素人の、生活者としての人生経験が身体表現と結び付くことによって生まれる、まったく新しい演劇の可能性を追求したい

それはリニューアルした県の芸術文化センターの新たな芸術監督として、全国紙のインタビューで「劇団トーラスシアター」の構想を発表したときの、小巻沢氏の言葉だった。

偶然その記事を読んだ勇は、そのときまで本当に死ぬつもりだった。庭にある納屋から比較的丈夫そうなロープも見つけてあった。死ななければという焦燥があったわけではなく、ただこれ以上生きている意味が本当になかった。人生で何一つ成せず、誰の役にも立たず、誰も幸せにできず、誰にも惜しまれず……勇に残っていたのは途方もなく深い虚《うつ》ろだった。あとは風が西向きになるとか、犬が三回吠《ほ》えたとか、意味のない、ほんの些細《ささい》なものでいいから、「この日だ」というきっかけを待つだけだった。

でもその日も、次の日も、また次の日も、勇は記事が気になってしまい、何度も読み返した。内容を一言一句覚える頃には、しばらくなかった家業の燃料屋への新規注文が入り、その翌々日に訪問してきた民生委員の「部屋をちょっと掃除したら

どうです？」という聞き飽きた小言に、初めて素直に従っていた。

死ぬ日が一日また一日と延びるにつれ、とっくに忘れたと思っていた熱に、勇は体の隅々まで浮かされていた。束の間まったく別の人生を生きるあの高揚、幕が下りたあと現《うつつ》の境に立つ浮遊感と達成感……。

地上のどこにもなく、だがどこにもなり得る、舞台という小さな宇宙。その中央に立つことを許されなかった俳優のこんな成れの果てであっても、まだ自分にしかできない演技の可能性があるのだと、会ったこともない小巻沢氏に励まされた気がした。

この人の元でもう一度演劇をやりたい。そしていつかもう一度、節子に——熱が具体的な願望に変わるのに、長くはかからなかった。

国内外にシニア劇団の先行事例はいくつかあれど、第一線で活躍する演出家の下、県の文化振興財団をバックに商業演劇の土俵でも勝負するという構想は目新しく、「トーラスシアター」には演劇界以外からも多くの注目が集まったと聞く。加えて一流の講師陣を招いた特別カリキュラム、人気劇作家たちが劇団のために書き下ろすオリジナル脚本、世界のKOMAKIZAWAの新劇団として早くも海外の演劇フェスティバルから問い合わせが来ていることなど話題が重なり、団員オーディションには全国から千人以上の応募があったそうだ。

募集要項の「素人」の定義は、「直近五年以上商業演劇に出演していない」というものだったから、多くのセミプロや現役を引退したプロ俳優が応募してくることが予想された。勇は半世紀以上前の劇団時代の記憶を掘り起こし、基礎トレーニングをひと通りなぞってオーディションに備えた。何か目標を決めて努力すること自体、勇にとってはあまりにも久しぶりのことだった。

しかし長年のブランクや不摂生から来る肉体の衰えはどうにもならなかった。元々体格や容姿に恵まれた方でもなかったが、現役当時は唯一誇れる武器だった声の張り艶は、酒とタバコでとうに失われ、ブレス《息継ぎ》のコツも取り戻せず、オーディション課題だった『かもめ』のトレープレフの長台詞に息切れする始末だった。こんなものでは到底ダメだと思ったが、あとで聞くと小巻沢氏からは「さすがの台詞回しでした」と高い評価を受けていたらしい。

そうしてオーディションをなんとか勝ち抜き、勇は四十人あまりの「トーラスシアター」旗揚げメンバーの一人となった。ずっと止まっていた時計の針が、急に何倍もの速さで動き出したようだった。

団員紹介を兼ねた劇団旗揚げの記者発表は、勇の生涯の中でもっとも華やいだ日だった。眩《まばゆ》いフラッシュに囲まれながら、こちらへ向けられるいくつものレンズ。それが新聞向けなのか、雑誌のものなのか、テレビカメラなのかはどうでもよかった。その少なくともどれか一つくらいを通して、きっと節子は勇を見つけてくれる。四十年もの時を経ては到底ありえないとわかっていても、勇は期待してしまうのを止められなかった。会見の間じゅう胸が高鳴り、頭に集まった熱で耳がこもっていた。

団員たちの構成は、下は制限ちょうどの五十五歳から、上は九十代までと幅広く、元大学教授から勇のような貧困ギリギリの状態の者、孫どころかひ孫までいる者、何度も結婚しては離婚して血の繫《つな》がらない子と暮らす者、生涯独り者、恰幅《かっぷく》のいい者、今にもあの世へ行きそうな者、とんでもなく若く見える者……と社会的立場も容姿も様々だった。蓋を開けてみれば本格的な演劇経験がある者は十人ほどで、小巻沢氏は「演技に妙な癖が付いている」と、経験者たちの多くを落としていた。勇は演劇から一切の縁を切った長いブランクに、むしろ助けられたのだ。

初めての顔合わせのとき、何人かの団員が頭髪の増毛や毛染めを施してきたのを見て、小巻沢氏は高らかに宣言した。

「僕は別に〝若者に劣らない、いつまでも生き生き輝くシニア〟みたいな像を打ち出したいわけじゃないんです。むしろ若さ至上主義を打ち破りたい」

〝輝く新たなシニア像〟は劇団発足の記者発表を受けて、国民的ニュース番組や新聞に躍った見出しだった。

「長く老爺《ろうや》たちに支配されながら、若さばかりが価値を持つかのように喧伝《けんでん》されるこのいびつな国で、老いを隠し目を背けるのではなく、そのありのままをさらけ出し、表現に昇華する。欲しいのは老いそのものの影も光もひっくるめた豊かさを体現できる役者です。老いた肉体それ自体が雄弁な言語なのです。わざわざ白髪《しらが》を染めたり、後退し切った頭頂部を誤魔化す必要はありません。持病や入れ歯こそ大歓迎です！」

外見に気を遣ったり、持病の神経痛の悪化を防ぐような生活の余裕が金銭的にも時間的にも難しかった勇は、馬鹿馬鹿しくもこの言葉に強く励まされた。人生の幸福を何もかも手に入れたように見える劇団仲間たちへの引け目が、いくぶんか和らぐ気がした。どんなに不健康で、他人から見ればひどく惨めなだけの老人でも、勇の老いは勇だけのものだ。

以来、勇は誰よりも体力作りと練習に励んできた。かつて節子に教わった呼吸法や膝行も、なんとか思い出して朝の日課にした。

初期の頃、団員の中には還暦を迎えたばかりの小巻沢氏を若輩扱いし、指示を聞かない、レッスンに毎回遅刻する、台詞を覚えてこない、基礎訓練をサボる――遅すぎる反抗期かというくらい舐《な》めた態度を取る者もチラホラいて、勇は彼らを激しく戒めた。稽古を蔑《ないがし》ろにするなど到底許しがたかった。

「余生のお遊びのつもりならとっとと出ていけ！　目障りだ」

「お前らみたいな腐った大根役者がいたら舞台が汚れる」

演出補の井手口が止めに入るほど鋭い勇の舌鋒《ぜっぽう》は、団員たちの多くに畏《おそ》れられ、遠巻きにされ、また一部の者からはいつしか敬意を抱かれて、「長老」などと呼ばれるようになった。芝居さえできるなら、勇は誰にどう思われようと一向に構わなかった。

プログレス・シリーズと銘打った二回のスタジオ公演、昭和の名作戯曲を新解釈で演出した国内外での公演、人気脚本家が団員たちに当てて書きで書き下ろした新作戯曲、と劇団が公演を重ねる中で、勇は四番手、三番手、準主役と、劇団時代には考えられなかったほど順調に登り詰め、ついに今回『リア王』のタイトルロールを手にした。現役時代はほとんど目立った役が付かなかった勇にとって、半世紀を経た悲願達成だった。

視線を上げると、三年あまり前に初めて会った頃よりずいぶん白くなった小巻沢氏の髪が目に付く。プロの俳優とは演技力も意識も、あらゆる意味で勝手の違う、勇たちトーラスの存在そのものが、彼に負担を強い、老いを加速させているような気がした。

「……その通りです、これは俺にとって何よりも大事な舞台だ。だからこそ、一番観て欲しかった人がすぐそこにいて――いたと、思って、後先を考えずに飛び出してしまった」

勇は掌《てのひら》の中のがま口をもう一度握り直す。

公演があるたび他の団員たちが家族や友人を招待する中、そのどれもいない勇は、いつも初日の関係者席を一つだけ確保してもらっていた。節子の今の苗字《みょうじ》も連絡先も知らずに、招待などできるわけもなく、ただの感傷のつもりだった。だからこそ、突然降って湧いた夢のような偶然を疑うよりも先に、それがもたらす希望にすがり付いたのだ。

「で、追いかけてみたら、人違いだったんですか」

「似ても似つかない女でした。娘と孫だったのかな、家族と一緒に歩いてるとこ声かけてね、俺のこの格好見て腰抜かして、『あんた誰ですか？』って。もう俺はあいつを見つけることもできないのかと思ったら……情けないやら悲しいやらで、その場から逃げました」

勇はそっと笑ったのだが、小巻沢氏はその一瞬の表情の異様さを見逃さなかった。

「俺ね、たぶんあのとき片足を突っ込んだんですよ、狂気の縁ってやつに」

公園では、ずっと耳元でリアの声が聞こえていた。娘たち、婿《むこ》たちへの呪詛《じゅそ》、かつての栄光への未練、自らの衰えへの苛立《いらだ》ち。そのありとあらゆる負の感情の渦に、勇は否応なく引きずり込まれた。そのまままたダリアが好き勝手に振る舞うに任せた。

「俺たちから目を逸《そ》らして、できるだけ見なかったことにしよう、端《はな》から存在しなかったことにしよう、そういう周りの視線のすべてが怖くて憎かった。そうしたら津波みたいに絶望が押し寄せて。俺がリアの台詞を言うんじゃなくて、俺の言葉がリアの口から出たと思った……」

冷たい地べたから公園を行き交う人々を見上げるのは、まるで奈落から舞台を見るようだった。同じ高さから見るのと違い、人々からはこの世の偽りの秩序や虚《むな》しい意味付けが引き剝がされていた。思うような役に付けず焦る者、台詞がわからずとんちんかんな動きをする者、スポットライトを求めて彷徨う者。この大いなる、阿呆《あほ》の檜舞台《ひのきぶたい》――そこから落ちかかって初めて、リアである勇はこの台詞に肉薄した。

公園を彷徨ったのはわずかな時間だったはずなのに、皮膚に残った時間や空間の感覚が、長く旅をしたときのそれに似ていた。旅路の果てで、勇は上村の娘に会ったのだ。

「リアの視点を見つけたんですね」

「彼に、一番近付いた」

そう言う勇の瞳は、今もどこか狂気の名残《なごり》を帯びていた。かろうじて残った自我は瞬く間に霧散してしまいそうだ。

「約束する、俺はこれまでで最高の演技をする」

はったりでもなんでもなく、勇にはそれがわかっていた。リアは勇なのだ。焦点の合わなかったレンズのつまみを回したように、リアと勇の輪郭は、今やぴたりと一致していた。

「俺に演らせてください。あいつは見つからなかったけど、今日どうしても観せたい人がいるんです。どうかお願いします」

勇は小巻沢氏と視線を合わせると、できる限り深く腰を折った。ピリピリとした沈黙のあと、小巻沢氏はゆっくりと首肯し、片手を上げた。何かを誓うような不思議なポーズだった。そうして上目遣いに勇を見据えると、いいでしょう、と言った。

メイクをやり直さねばならなくなった田村氏と衣装係の大門氏に散々小言を言われながら、鏡の中の勇は次第に古代ブリテンの王・リアになる。毛皮のケープを纏《まと》い、もう一度丁寧《ていねい》に整えられた白髪の鬘《かつら》の上から金の冠を被ると、ずっと頭の中で語りかけてきていた男へ、完全に体を明け渡したような気分になった。

「さっきの女の子、勇さんのご近所さんなんだね。いま長谷川《はせがわ》さんとこのお孫さんが一緒にいてくれてる」

事務局でチケットの手続きを終えた瀬能の報告を聞き、勇はほっと胸を撫《な》で下ろす。上村の娘を強引にここまで来させた自覚はあったので、帰られても仕方ないと思っていた。瀬能は面白そうに勇の顔を覗き込んで言った。

「勇さんの『招待席の君』があんなに若いなんてびっくりしたけど」

「馬鹿言え、あの子はたまたま公園で会ったんだ」

「それだけ？　なんか無理やり連れてきたみたいじゃん。なんで自分がここにいるかわからないって感じだったよ」

それは在るか無きかも頼りない糸をたぐるような、巡り合わせとしか言いようがなかった。

あの子は自分が拾ったものが、勇にとってどういう意味を持つものかを知らない。

そして自分たち母娘《おやこ》が、勇にとってどんな存在なのかも。


勇が上村母娘の隣に越してきたのは、劇団の入団と同時だった。勇の年齢で入居を承諾してくれる、かつ乏しい生活費から払える家賃の物件は、周辺ではあのアパートしかなかった。

高齢で身寄りのない田舎者を心配したのか、引っ越してきたその日から、上村の母親は何くれとなく勇に声をかけてきた。ゴミの出し方や日用品に便利な店の情報、町内行事の案内、「作りすぎた」おかずや「買いすぎた」果物のお裾分け。ノックの音に玄関を開けるたび、遠慮がちに微笑《ほほえ》む彼女がいた。時には母の代わりに娘が、母ほどの愛想はないが大人のようにしっかりした挨拶と共に、ラップを被せた皿や小鍋を差し出すこともあった。

　都会の薄い近所付き合いを予想して引っ越してきた勇は、二人きりで身を寄せ合い慎《つつ》ましく暮らしている様子の母娘の過分な親切に、感謝するより先に戸惑った。手助けなしには生きられない〝弱い老人〟扱いされているのかと思うと情けなくもなった。新興宗教の勧誘やらマルチ商法やら、裏に何かあるのかと訝《いぶか》ったこともある。だがいつまで経《た》っても上村母娘の言動には、そうした偽善的な匂いも邪《よこしま》な気配も一切現れなかった。むしろそのあけすけな善良さから誰かに付け込まれ、騙《だま》されてはいまいかと、勇が心配になるくらいだった。

　劇団の研修カリキュラムが本格的に始まると、勇はつい部屋の狭さも壁の薄さも忘れて、発声練習やパントマイム、エチュード《即興劇》の練習に勤《いそ》しんだ。間もなく下の階や上村家とは反対隣の住人たちから騒音を訴えられるようになったが、適当に無視していると、やがて大家とも険悪になった。以来アパートの住民たちは勇のことを毛嫌いし、目を合わすことすら避けている。だがそんなときも、上村母娘だけは勇に対する態度を変えなかった。どころか、認知症を発症しているとでも思ったのか、ますます折に触れて気遣われるようになった。

それでも、勇は彼女たちの親切に慣れることができなかった。どう返し、振る舞えばよいのかもわからなかった。それぐらい長く、他人と関わることを避けて生きてきた。勇が親切に到底値しない人間であることを、彼女たちは知らない。その後ろめたさは、煩わしさとこそばゆさで一層深まり、勇はますます頑《かたく》なに彼女たちを遠ざけた。

そのうちに新型ウィルスが蔓延《まんえん》し、誰もが他人との接触を避けるようになると、上村母娘が勇の部屋の玄関をノックすることもなくなった。

劇団の稽古が間遠になり、数ヶ月後に予定していた公演が延期されることが決まった頃、勇は上村の母が市役所の中にあるハローワークから疲れた顔をして出てくるところを見かけた。隣の部屋の生活時間はそれまでの規則正しいものと打って変わり、勇の出勤と同じくらい早朝の暗いうちから玄関の閉まる音がしたり、真夜中過ぎに風呂を使う水音が聞こえてきたりするようになった。おそらく短期の仕事で食い繋いでいるのだろう、上村の母親の顔色は見かけるたびに悪くなるようだった。

（俺に少しでも余裕があれば）

たとえ親しく交わることはしなくとも、勇はずっとなんらかの形で隣の母娘の親切に報いたかった。

だが新型ウィルス禍のせいで勇自身も工場のシフトを減らされ、年金で賄《まかな》えない分の生活費は長野の土地を売って得たわずかな預金を切り崩している有り様で、彼女たちがもっとも必要とするであろう金銭的援助ができるわけもなかった。爪に火を灯すような節約生活の中で、やはり自分は気遣われ、助けられるばかりの無力な老人に過ぎないのかと、情けなかった。

勇はせめて母親が留守の間、そして自分が家にいる間は、隣の部屋と娘を見守ろうと思った。稽古がすっかりなくなってしまったので、金はなくとも時間だけはあった。娘の下校時間が近付くと、アパートの周辺に不審な人間がうろついていないか目を光らせ、母親の帰宅が遅い夜は、外から少しでもおかしな物音がすれば、ドアや窓を開けて安全を確認するようになった。

特に緊急事態宣言が発令されている間は、劇団のスタッフや仲間たちよりも、アルバイト先の同僚たちよりも、勇にとっては壁一枚向こうに住む上村母娘が、物理的にも心理的にも一番近しい人間だった。主に勇のせいで交流は嚙《か》み合わず、もはや一方通行ではあったが、勇にとってはとうに「関係ない他人」と切り捨てられない二人だったのだ。

その上村の娘が、あのがま口を手に、勇を狂気から引き戻した。

――ねえなんでそんなになってもまだ生きてるの？　ここにそんな価値ある？それとも死ねなかったの？

青白く光る目に涙をいっぱい溜《た》めて、挑むように勇を見つめていたあの子は、わずか十数年しか生きていなくとも、世界に絶望していた。圧倒的な理不尽を前に途方に暮れ、この世界から消えるべき理由を日々数えながら、それでも留《とど》まるべき理由を無意識に渇望していた。親しくもなかった同級生の死を、己れの傷のように抱え込む繊細な心が、この先どれほど傷付けられることか。長い人生でそんなふうに他者を思いやることがついにできなかった勇には、想像もつかない。

その絶望はお前だけのものではないのだと、いつかは生きててよかったと思える日が来るのだと、さも老人のしたり顔でいなすことは、勇にはできなかった。だが全身全霊をかけて、あの子に勇の答えを伝えなければならないと思った。この残酷な世界でどれほど傷付いても、あの子に生を選んで欲しかった。そこに理由なんかない。

言葉を探しに探したとき、勇には芝居しかなかった。

好奇心を抑えられない様子の瀬能に、勇はしぶしぶ打ち明けた。

「……あの子は俺が落としたものを、届けてくれたんだ」

「よっぽど大切なものだったんだね」

「ああ。とっくの昔に、大切に——手放さなきゃいけないものだったんだ」

自分でも意識していなかったところからぽんと出てきた言葉に、勇は自分自身で驚き、狼狽《ろうばい》した。これもリアの仕業だろうか。

瀬能はそれ以上深くは聞かず、代わりに道化の口調でおどけた。

「とにかくいいとこ見せないとね、リアのおじちゃん?」

「そうだな、小僧」

半年前に瀬能たちが、役者の傍《かたわ》ら、プロンプターや移動の介助役として『リア王』の老キャストたちをサポートすることが決まったとき、勇は(サポートなんかいるか)と密《ひそ》かに反発さえ覚えたものだった。老キャストを逆手に取った舞台上のプロンプターや車椅子の役者がトーラス演出の特徴とはいえ、勇はなかなか台詞を覚えられない者たちと一緒にされたくなかった。だが今や瀬能は勇にとって、なくてはならない存在だ。

瀬能たちは、小巻沢氏がトーラスの一年後に、若手俳優育成のために作ったヘリックスシアターという劇団に所属している。

当初トーラスとヘリックスの間には大きな溝があって、片や年功序列にこだわり、若い役者に先輩面して演技論や人生論を打《ぶ》つ老人がおり、片や発声やパントマイムといった基礎訓練も覚束《おぼつか》ない老人たちへの苛立ちを隠そうともしない若者がいた。これほど年齢の離れた集団の間の戸惑いや軋轢《あつれき》は、小巻沢氏も織り込み済みだったろう。だが様々な合同ワークショップやプロジェクトを経た今となっては、二つの劇団メンバーは年齢に関係なく同じ〝小巻沢カンパニー〟の仲間と捉えるのが一番しっくりくる関係性となった。新型ウイルス禍がようやく収まり、久しぶりに稽古場で再会できたときは、互いの無事を大いに喜んだものだった。

勇にとっては、多くが不規則なアルバイトでなんとか生活を支えながら、愚直に演劇の道を突き進むヘリックスの若者たちの姿が、かつての自分と重なって見えた。比較的余裕のある暮らし向きの者が多いトーラスメンバーたちより、ある意味ずっと親近感もある。とりわけ瀬能には、自分が焦がれてやまなかった華々しい役者人生を歩んで欲しいと願っていた。勇が願うまでもなく、彼にはその実力が十二分に備わっていた。

「今日はお前んとこの、その、恋人は来てるのか？」

「うん、来てる。俺がどんな端役でも初日はほぼ欠かさず来てくれるから。今日はあいつのお祖父《じい》さんみたいな人とそのヘルパーさんも来てるはず」

知らずあたたかなものが込み上げる。今日はあまりにも多くの感情が交錯して、勇にとってわけのわからない心の作用を引き起こしてばかりだ。

「仲いいんだな……大事にしろよ」

「もちろん！　おじちゃんに言われるまでもなく」

開場を知らせるブザーが鳴る。壁にかかったデジタルタイマーが開演まであと三十分を意味する「30：00」を指した。

「王様、ご準備はよろしいですか」

若く美しい騎士は、うやうやしく老王にお辞儀して楽屋のドアの向こうを指し示した。

一幕一場の王宮シーンは〝板付き〟と言って、幕が上がったとき既に役者が舞台上にいる状態から始まる。勇は薄暗い上手袖《かみてそで》から入り、舞台中央の、一段高い位置にある玉座に登った。分厚い幕を隔てた向こうには、着席した観客たちのさざめきが微《かす》かに聞こえる。ゾクゾクする感覚が背筋を駆け上ったあと、体全体が静かに集中していく。この瞬間と緊張が、やはり好きだと勇は思う。

三女コーディリアは既に待機しており、勇の足元の階段に腰掛ける。一方でゴネリル、リーガンとそれぞれの夫たちは、玉座の左右の席に並んで座る。形式的に控える二人の姉たちと違い、リア王に可愛がられるコーディリアは王の一番近くに気安く座る。この状態は終幕の最後のシーンと呼応しており、そのときにはコーディリアは死体となって、跪《ひざまず》く父王の膝の上に横たわっているという趣向だった。ゴネリ一流のメイクと衣装によってキャスト陣は見違えるように変身していた。

ルにしては地味すぎてアクが足りないのではないかと密かに思っていた太田《おおた》は、濃い紫のドレスにきつく強調された目元がとてもよく似合い、才気煥発で優雅な貴族の女に見える。一方、華やかで男好きのする雰囲気を持った三橋《みつはし》が、白いドレスが似合う清楚《せいそ》なコーディリアに見事に化けている。団員の中では一番若いとは言え還暦もそう遠くないはずだが、この分では後方の観客は若い娘と見間違えるかもしれない。

上手の袖ではケント役、グロスター役とその息子・エドマンド役が神妙な面持ちでスタンバイしている。壮年のケント伯を演じるのがもっとも年上の七十九歳で、ケントより年長者の設定のグロスター伯を演じる役者は間もなく古希《こき》、その息子で二十代の若者エドマンドは、確か実年齢はグロスター役とそう変わらないはずだ。グロスター役はつり目に尖《とが》った禿頭《はげあたま》という容貌《ようぼう》からあだ名がビリケンなのだが、本番前に情けないほど緊張するので勇の中ではビビリケンになった。彼らのやり取りで物語が始まるのだから、今日ばかりはびびられては困る。

開演のベルが響き渡り、コーディリアは演出通りに勇の膝に頭を乗せる。勇は彼女の髪飾りに触れないように、その頭の上にそっと右手を置く。老境に安らぎをくれる、可愛い、愛《いと》おしい娘。子供を持つことのなかった自分の中にも一応は一抹の父性らしきものが存在するのだと、勇は小さな苦い思いと共に気付く。

ゆっくりと上がっていく幕の下、無数の目が一斉にこちらを見る。蠢《うごめ》く顔たちに素早く視線を走らせると、一階席の中央部、ちょうど舞台ライトの境目の辺りに、勇は節子の席に座る上村の娘を、はっきりと見た。そして視線の通り過ぎたどこかに、丸く大きな目に、鷲鼻《わしばな》気味の鼻という、懐かしい節子自身の顔も——。

あの公園を走り抜けながら、勇の目には木々の隙間に、そここのベンチに、何人もの節子が見えた。だが一人ひとり近付いて見れば、誰一人として彼女ではなかった。偽物の節子たちは出会った頃の、あるいは別れた頃の、時にはずっと年老いた姿で、勇を試すように目まぐるしくその外見を変えた。そうして甲高い声で、「結局は自分が許されたいだけでしょう?」と、勇の未練を、後悔を、惨めさを笑った。

(そんな身勝手なことは思いもしない、俺は一生許されちゃならない。二度と会わないことが、俺ができる最良のことだとわかってる。ただ——)

勇は玉座の上でまた過去と狂気の狭間へ引き戻されそうになる。

(リア、もう少し待て。そのあとで、思う存分狂え)

『王が目をかけておいでなのは、コーンウォール公よりはオールバニー公だと思っていたが』

ケント伯の第一声が響き渡る。走り出した舞台は、物語の終わりまでもう止まらない。

劇団・銀漢の正団員になってからも、勇はよくて四、五番手、ほとんどは役名もない出演者であり続けた。主役になれなくとも、脇で光る俳優を目指せばいい。なんとかそう自分を鼓舞しても、劇団代表であり、絶対的な存在の演出家から認めてもらえることはなかった。

「お前はなぁ、演技が小さくまとまりすぎて、全体の芝居まで小さくしちまうんだよ」

定期公演の打ち上げで、後輩たちもいる中で酔った彼にそう言われたとき、怒りや悔しさよりも絶望が勝った。

退団した同期や節子の勧めもあり、いっときは映画界への転身も考えた。だが舞台より容姿が重視された上に、東京オリンピックをきっかけに一般家庭へ一気に普及したテレビ放送に押され、映画の製作本数は極端に減っていた。そのテレビには仕事に溢《あふ》れた映画俳優が続々と進出しており、勇は新たなチャンスをどこにも見出《みいだ》すことができなかった。

そうこうするうちにアングラ演劇や小劇場の台頭もあり、劇団・銀漢の公演数も動員数も目に見えて減っていった。勇は一層アルバイトに精を出したが、公演が入れば休まざるを得ず、どれも長くは続かなかった。不規則な出勤で節子よりずっと長く家にいる勇を、近所の人々はろくでなしのヒモだと信じ、真面目に働きなが一途《いちず》に尽くす節子のことをしきりに気の毒がった。実際、節子の方がずっと稼ぎも多かった。

故郷の養父が長患いの末に死んだのはそんな頃だった。勇は大学を中退してからほとんど帰省しておらず、気まずいままに出席した葬式で、母に「帰ってきて」と泣いて懇願された。記憶の中よりずっと老けて萎《しぼ》んだ母は、すっかり荒《すさ》んでしまった実家の広いばかりの家屋と一体化しているようだった。世間は途切れず続く好景気に沸いていたが、養父が闘病している間に、家業の燃料店は近くにできたガソリンスタンドに多くの顧客を奪われていた。

あのとき、勇の中でふっつりと何かが切れた。

長年自分を支え、高みに向けて引っ張ってきてくれたもの。永遠に切れるはずのない、強固なザイルと信じていたそれは、いつの間にか糸ほどに細く脆《もろ》いものになっていた。勇はいつまで経っても一向に近付かない夢を追い、先の見えない努力を続けることに、倦《う》んでいた。決して諦めないというポーズをとりながら、諦める理由を捜していた。

「母さんが心配だし、もう引き際かもしれない。あっちには家も仕事もあるから、結婚生活もなんとかなるし」

どう思う？　勇は責任の所在を母に置き、最後の決断を節子に委《ゆだ》ねた。

そうした勇の生来の甘えを、節子はあの頃にはとっくに見抜いていただろう。でも節子は勇の逃げを責めることは決してしなかった。節子もまた、一向に果たされない約束に、勇の才能を信じ続けることに、倦んでいたのかもしれない。

劇団を退団し、籍を入れた節子と一緒に長野へ戻った勇は、抜け殻そのものだった。

家業を立て直そうにも勝手がわからず、養父の親戚や伝《つて》を辿《たど》って細々とした商いを続けるのが精一杯だった。節子は東京にいたときと同じような仕事を求めたが、田舎では就職先はなかなか見つからなかった。市内に出ればもっと働き口があるかもしれないと相談する節子を、母は言下に退けた。

「嫁を外で働かせるなんてみっともない。家計に余裕がないとご近所中に言って回るようなものじゃないか」

養父の羽振りがよかった時代を忘れられない母はそうした世間体を何よりも重んじた。勇も家計を節子に頼り、肩身の狭かった東京時代を思い出し、「家にいて欲しい」と頼んだ。思い返せば勇も母も、どこまでも空疎でくだらないプライドにまみれていた。

結局、節子は勇の仕事を手伝いながら、近所の農家の手伝いや、繕い物などの内職を始めた。それすらも母に「まずは子供を作るのが先だろう」と嫌味を言われながらだった。

母はまるで夫にするように、甲斐甲斐《かいがい》しく勇の世話を焼いてくれた。養父に母を奪われた——母が再婚した七歳のときからそんな思いがずっと自分の心の奥底にあったのだと、勇は三十路目前にしてようやく気付いた。奪われた母との少年時代を取り戻すように、勇は母にされるがままの子供に返った。家事を取り仕切る母の陰で立場をなくして途方に暮れる節子のことを、見て見ぬふりをした。二人の日課だった合気道の基礎練習もいつの間にかやめてしまった。母は節子が傍にいるときでも憚《はばか》ることなく、周囲の人々に「大事な一人息子が東京で変な女に騙された」と嘆いた。

節子はそれでも一度も母や勇を責めることはなく、弱音を吐くこともなかった。「こんなはずじゃなかった」と怒りをぶつけてくれた方が、いっそ勇もすっきりしたと思う。節子の無言によって勇はますます自分が情けなく、節子自身ではなく勇にとっての〝節子なるもの〟——彼女と出会ってからの時間や一緒に積み重ねたもの——や、彼女の隣でタイトルロールという夢を語った自分自身からも、無言で責め立てられているような気がした。

節子はずっと、勇の演技が好きだと言ってくれた。俳優を辞めた自分が節子の目にどう映っているのか、その愛情が、勇はずっと不安だった。臆病な子供が暗闇を避けるように、芝居からますます遠ざかり、映画館へ行くのも、テレビドラマを見ることも、ラジオドラマさえ疎んじた。むかし隣で発声練習をしたり、同じ舞台を踏んだりした仲間たちが、そこにひょっこり現れることが怖かった。節子にも、成り得なかった勇の影をそこに見つけて欲しくなかった。

勇はいつからか、突発的に安酒で泥酔するようになった。そのときだけはタガが外れたように、思う存分に己の境遇を嘆き、節子に当たれた。

「俺に言いたいことがあるんだろ？　はっきり言ったらどうなんだ？」

「……何もないよ。それより気分転換に映画でも観に行かない？　あと市内に芝居がかかる劇場があるって」

「なんだよそれ！　人の気も知らないで。それとも俺を馬鹿にしてるのか⁉」

勇は初めて節子をぶった日のことを、昨日やひと月前のことよりも、ずっと鮮明に思い出せる。掌に残ったピリピリした痛みも、深い穴底に隠れたくなるような恥ずかしさも。

早く子供ができれば。何度そう思ったか知れない。子供がいれば、ひび割れた二人の間も修復されるだろう。母ももっと節子に優しく接するだろう。自分のこの大きな欠落感も埋め合わされ、もっと家業に精を出すことができるだろう――まるですべてを好転させる魔法の杖《つえ》か何かのように、勇は赤ん坊を切望した。今となってはなぜあんなふうに妄信していたのかわからない。

でも確かに、故郷に戻って三年目に節子が妊娠したときは、家の中の空気が一変したように明るくなり、母の態度も和らいだかに見えた。だがお腹《なか》の子供は、節子も気付かないうちに流れてしまった。妊娠がわかってから三ヶ月も経っていなかった。節子は壊れた蛇口のように、仕事をしていても、食事をしていても、涙を流し続けた。ついに母が「いつまでもメソメソと、いい加減にしな！」と怒ったとき、節子は「どうしましょう、勝手に出てきて止まらないんです」と笑いながら泣いていた。明らかに心を病んでいたのに、当時の勇は自分を憐《あわ》れむばかりで、節子を病院へ連れていくことはおろか、労《いたわ》る言葉もかけてやれなかった。

その後二度の流産を経て、節子と母、そして節子と勇の関係はどんどん修復不可能なものへと変質していった。

やがて節子は繕いの内職の片手間に、端切れや古着を切っては細々した袋物を作るようになった。自分で使うわけでもなく、人にあげるわけでもなく、部屋の片隅にいくつもいくつも積み重なっていく布状の穴は、不気味ですらあった。壊れていく節子を横目に、勇はますます酒に溺《おぼ》れることしかできなかった。

大学を一年足らずで辞め、俳優業も道半ばで脱落し、家業も満足にこなせない。この上に子供ができないとなれば、勇はあらゆる面で「半端者」の誹《そし》りから逃れられなかった。節子が口に出さずとも、俳優の道を諦め東京から逃げたことを暗に責められていたところへ、世間なるものから子作りという所帯持ちの本務でも貶《おとし》められるのが怖かった。勇は子供のできない節子への苛立ち、疎ましく思う気持ちをどうしても抑えられなかった。

そこらの夫婦が当たり前のように子を授かる中で、子供をもたらさない節子は勇への愛情が足りないのだ――勇はそんな母の非科学的な言にするりと乗り、いつしか母と一緒になって節子を「うまずめ」「できそこない女」と罵ることに、なんの罪悪感も感じなくなっていた。

終わりは突然だった。

だが今思えばそこかしこに兆候はあって、ただ勇が見たくないものを遠ざけていただけだったのだ。

日中にふらりと出かけたまま夜遅くになっても節子は帰らず、しぶしぶ近所に捜しに出ようとしたとき、あの大量にあった袋物が部屋から一つ残らず消えていることに気付いた――正確には、たった一つだけを残して。小さな萌黄色《もえぎいろ》のがま口の中には、執拗《しつよう》なほど小さく折り畳まれた離婚届が入っていた。

かつて同居していた従妹や事務員時代の元同僚など、わずかに知っている節子への伝を頼ったが、誰一人として勇を節子に会わせようとはしなかった。「彼女ぼろぼろで、限界だったんだよ」「少しでも彼女のことを思うなら、会わないであげてください」皆使う言葉は違っても、意味するところは大体同じだった——勇のせいで、節子は損なわれたということ。

節子が出ていってから三年も経たないうちに、勇は同じ従妹の口から、彼女が再婚し、しかも出産までしたことを知った。

「石女《うまずめ》かと思ったら騙されたようなもんだ。やっぱりネェ、あの女はあんたへの情が薄かったんだよ。うちの家と土地だけが目的だったんだから」

そんな母の言葉を、勇はただ一つの真実として鵜《う》呑《の》みにした。心を守るために何も考えたくない勇にはその方が楽だった。楽だから、節子がようやく摑《つか》んだ幸せを祝福するどころか、深く呪った。

すべてが滑稽なほどの勘違いだったことを知ったのは、勇が五十代も半ばを過ぎ、排尿に違和感を覚えて医者にかかったときだった。二代目だというやたら童顔の若い医師が、ひと通りの検査を終えて前立腺炎の説明をしたあと、「今回の件とはあまり関係ありませんが」と前置いて、勇には〝精索静脈瘤《せいさくじょうみゃくりゅう》〟があると言った。

「見てわかるくらいだからかなり重度ですね。ご結婚されててお子さんのご予定がある方だったら、すぐに手術を勧めるところです」

聞き慣れない言葉に勇は混乱し、激しく動揺した。勇の剣幕に目を丸くした医師から聞き出したところによると、それは血が逆流して睾丸《こうがん》の血管にこぶができることで、決して珍しくない病気だという。勇ほどの状態になっても自覚症状がないことが多いが、健康な精子ができないために受精しにくく、できたとしても、受精卵がうまく育たず妊娠初期に流産してしまう可能性がかなり高いということだった。

勇は節子と結婚していた青年時代はもちろん、何人かの女たちと適当な付き合いを繰り返した中年の頃にもそれなりに性欲はあり、男の機能に問題を感じたことは一度もなかった。「石女」という呼び名や、「嫁して三年子なきは去る」という古い言い回しが指し示す通り、子ができないのは女の所為《せい》だと昔から当たり前のように言われていたが、男側が原因かもしれないなどとは考えたこともなかった。

「その手術をしたら、妊娠は問題なく……？」

「要因が複数の場合もありますし、決して一〇〇パーセントではないですが、もちろん確率は上がりますよ。うちで治療した方に限ると自然妊娠率も、出産率も五分五分って感じですかね」

計算などするまでもなく、勇は確信していた。何もかも、勇が原因だった。

相手が勇でさえなければ、節子はあんなふうに、自分の体内から命の種が流れ落ちる地獄のような苦しみを、何度も味わわずに済んだのだ。「できそこない女」などと、二十年前彼女にぶつけたいくつもの非道な言葉たちが、何倍にも鋭くなって勇へ返ってきた。

もっと早く知っていれば、二人の間に子供が――勇の呆《あき》れるほど身勝手な仮定も意味をなさなかった。そもそも勇には仮定する資格すらない。子供がいてもいなくても、節子がかけがえのない妻であることは変わらなかったはずなのだから。己の愚かさ、冷酷さ、醜さをどれほど呪ったところで、失われたものは二度と戻らなかった。

勇のしたこと、しなかったこと、言ったこと、言わなかったことに、「もしもあのとき、ああしていれば」という可能性はひと欠片《かけら》もなかった。勇は誰よりも愛したはずの女に、誰よりも憎い相手にするような仕打ちをした。

(俺は、俺を決して許せない)

愛情も、後悔も、すべては二十年遅かった。その事実はあまりにも大きくて、勇という存在を丸ごと飲み込んで砕き、あとに残ったのは滓《かす》のごとき命だった。

かつての勇以上に節子を憎み続けていた母は、勇が伝えた真実を決して受け入れようとはしなかった。年々偏屈さを増す中で、節子や自らの境遇への呪詛が生きる力になっているようなふしもあった。勇は時おり母が恐ろしくなったが、もう母の所為にすることはしなかった。かといって見捨てることもできなかった。母は卒寿《そつじゅ》を超えてからちらほらと認知症状を見せるようになり、そんなときはごくたまに、まるですぐ傍にいるかのように節子の名を優しく呼ぶこともあった。勇は母に自分を忘れられることよりも、その声を聞くのが何よりも辛かった。

長い老老介護の末に母を看取ったとき、果てのない孤独に途方に暮れはしたものの、同時にすべての鎖が外れたような解放感を覚えた。勇にとってこの世界に留まるべき、最後の理由がなくなったのだ。絶えるほどの望みなどとうになく、人生で何一つ手にできなかったという嘆きさえ乾き切り、勇は空っぽだった。


（それでも今、俺はここにいる）

一幕には『リア王』でもっとも有名なシーンの一つである嵐の場面や、乞食《こじき》に身をやつしたエドガーとの長台詞の応酬と、体力的に過酷な場面が集中している。そこを乗り越えて一幕の最後の出番が終わると、勇は息も絶え絶えに楽屋に辿り着き、用意してもらったマットレスに半ば気絶するように倒れ込んだ。あとから駆け付けた瀬能が勇の口に酸素ボンベをあてがい、ポータブル送風機をかざしてくれる。

「すごいよ、勇さん。俺、本気で震えた」

瀬能の熱っぽい目が勇を見下ろす。

お前ならいつかもっとすごいリアを演じる。そう言いたかったが、息が続きそうになかった。代わりに頷いて、なんとか口の端を上げる。

傍らを見ると、エドガーや道化、ケントもそれぞれのプロンプターたちに甲斐甲斐しく世話を焼かれている。まるっきり介護老人とヘルパーにしか見えない光景に、勇は苦しい息の中、「ここは病室じゃなくて楽屋だぞ」と笑い出してしまいそうだった。自分たちにはどうしたって若い彼らの助けが必要なのだ。認めてしまえば、当たり前のことだった。

小巻沢氏と、明らかに今日の出来に興奮している井手口も、楽屋に顔を出してくれた。

「舞台も客席も、いい波を感じます！」

「おれは……約束を……？」

勇がボンベで呼吸しながら小巻沢氏に尋ねると、「今のところ、十二分に」と破顔された。小巻沢氏のこんなあけすけな笑顔は珍しい。それだけで、勇にとっては腹の底から力が戻ってくるようだった。

「長老、これどうぞ」

ケント伯役の長谷川に差し出されたレモン果汁入りのスポーツドリンクを、勇は喉を鳴らして飲んだ。勇は大半の団員、とりわけ男性団員から敬遠されがちなのだが、長谷川は最初から妙に勇のことを慕ってくれた。

「あと、これ」

長谷川が差し出す拳に、勇は黙って拳を当てる。ヘリックスの団員から教えてもらった〝グータッチ〟だ。冒頭のケントとリア、そしてケントが変装してケイアスとなってからの、リアとの台詞の呼吸がぴたりとはまったのは勇も感じていた。主従のやるせない愛憎が、観客へ確かに届いたという手応えがあった。長谷川は少年のように顔を綻ばせて照れた。

ここはかつて夢見た場所そのものなんだ。ふいにそんな感慨が勇を包む。

スピーカーからは、休憩があと十分であることを観客へ知らせるアナウンスが流れる。


リアである勇は今、半裸に近い格好で花冠を被り、真っ白なドーヴァーの海岸線を彷徨っている。岸壁に反射した光が客席をも照らし、キラキラと眩い。上手からは目元に血の滲《にじ》んだ布を巻いたビリケンのグロスター伯が、他人のふりをしたその息子・エドガーに手を引かれて歩いてくる。

『お前のことはよく知っている。お前の名はグロスター』

呆然《ぼうぜん》と地べたに膝をつくグロスター伯へ、リアは野の花の花束の香りを嗅《か》がせるように差し出す。しかし次女リーガンとその夫のコーンウォール公によって両目をえぐられたグロスターには何も見えていない。リアは彼の隣に膝を立てて座ると、そっと肩を抱いてやった。

『忍耐だ。我々は泣きながらここへやってきた。知っているな、生まれて初めて空気を吸うと、おぎゃあおぎゃあと泣くものだ』

リアは子供に言い聞かせるように優しく言い含め、抱き寄せたグロスターの頭に自分のそれをくっつけた。

『いいことを教えよう。よく聴け。生まれ落ちると泣くのはな、この阿呆の檜舞台に引き出されたのが悲しいからだ』

闇に沈んだ客席の中で、ぽかんとする上村の娘が見えるようだった。あのジジィは偉そうに、リア王の台詞をなぞっていただけじゃないか、と。

上村の娘、あの優しい死にたがりの生きたがり――勇はしんとした意識の奥で少女に向き合う。思えば新型ウィルス禍に閉じ込められていた数ヶ月の間、勇は壁の向こうのあの子にずっと無言で語りかけていたのかもしれない。

（お前はこの世界から消えるべき理由の多さに、死にたいと言う。俺は生きる理由がなくて、消えようとしていた）

この世は哀しい。自ら望むことなく生まれ落ちた身に、死ぬも生きるもどんな理由を重ねたところで、後付けでしかない。この世に現れた瞬間から死を運命付けられた肉体で、運良く生きるよすがを見つけても、それを理不尽に失うことはいくらでもある。幸福に長らえたとしても、今の勇のように老いからは逃れられない。この世界に止《とど》まる限り、日に日に肉体が終わりへ近付いていく足音に、怯《おび》え続けなければならない。

（なんでそんなにまでして生きるのかとお前は訊《き》く。いま本当の死の淵《ふち》が見えてきて初めて、俺は死にたくないと思ってる）

地位も名誉も金もなく、何も生み出すことなく、人の役に立つこともなく。〝世間〟の秤《はかり》は勇を生きる価値のない人間と断ずるだろう。勇自身もずっとそう思って生きてきた。

上村の母娘や、今この舞台に立つ仲間たち――劇場のどこかで見守る小巻沢氏、裏側で奔走するスタッフ、この世界のどこかにいる節子と、顔も知らぬ彼女の子供――あとからあとから、勇の内部で膨らみ続ける感情が、彼らに向かって無数の手を伸ばすかのように溢《あふ》れていく。哀しいこの世で彼らがどれほど苦しむとしても、たとえほんの一瞬でも、光を見つけることができるように。その光ができるだけ強く長く輝いているように。無駄でも無意味でも、勇は祈らないではいられない。

（秤の目方には表れなくても、そんな存在を見つけたこの世界に、俺はもっといたいんだ）

勇がこの哀しい阿呆の舞台で、一人の愚か者の古株として、彼らのためにできること。それは愚かにも愛を量ろうとしたこの老王の生を、その際まで全うして見せることだけだ。

クライマックスが迫る。

リアは騎士とケントに支えられながら、殺されたコーディリアを抱えて舞台の中央に進み出る。

『咆えろ、咆えろ、咆えろ！』

はるか高みにある幻の荒天に向かって絶望の声を絞り出すと、勇を照らす金のライトが両目を射抜いた。

勇は目を閉じる。なぜ今なのか、と思う。思わないではいられない。

肉体は衰え、容姿は崩れ、声の張りを失い、記憶力も危うくなった今になって、ようやく舞台の中心でこの光を浴びることを許された。若い頃であったなら、もっと、どれほどのことができただろう。どれだけの舞台を節子に見せられただろう

——此《こ》の期《ご》に及んでも勇の未練も後悔も消えることはない。だがこの無様さもまた勇という命の一部だった。

死んだコーディリアの額を撫で、頬の輪郭をなぞる。遺体を抱えたために痺《しび》れた腕が、悲しみを堪《こら》え切れない本当の父親のように震えている。

『犬にも、馬にも、鼠《ねずみ》にも命がある、それなのになぜお前は息をしない？もう戻っては来ない、二度と、二度と、二度と、二度と！』

二度と節子との時間は戻らない。二度と若さも戻らない。大事にすべき人を、すべきだったものを、みんな蔑ろにして通り過ぎてしまった。

それでも、勇はまだ生きている。生きてまた、こんなにも新たな人々に囲まれている。こんなにも、眩《まぶ》しい――。

台詞が途切れた合間に、オールバニー公の背後に立つ瀬能が身構えるのがわかった。プロンプターとして続きの台詞を言うか迷っているのだ。

（大丈夫だ、間を取っただけだ）

勇の目と首の動きで理解してくれたようだった。

研ぎ澄まされた知覚が果てしなく拡張していくように、勇の耳は共演者たちの呼吸の一つひとつを捉える。上村の娘をはじめ、客席の人々が息を詰めてこちらを見ている気配を全身でひしひしと感じる。勇は巨大な静けさの中にいた。

『頼む、このボタンを外してくれ』

ケントである長谷川が、本物の涙を流して勇の体を支えながら、ゆっくりとボタンを外してくれた。すべて洗い流されたように、もうリアにも勇にも何も残っていない。命の淵で、あるのはただ老いさらばえた肉体だけだった。

狂ったリアの視界の中には、勇が今日までに出会ったすべての人々の顔が見えていた。老いも若きも、ただの阿呆も、阿呆の中の阿呆も、憎らしい者も愛おしい存在も、すべて。その中心には、やはり節子がいる。
『これが見えるか？　見ろ、この顔、見ろ、この唇、見ろ、どうだ、そら、どうだ！』
――あなたは金色の花道を歩いているの
――俺は今、その道の先の、この場所に来られた
明るい闇が次第に沈んでいく。リアの鼓動が弱まる。見ろ、死の瞬間まで生きている俺を。見ろ、この生を生き切る俺を。
目を閉じる寸前まで、瞼《まぶた》の隙間からは金の光が差し込んでいた。

巻末特別対談

毎《まい》田《だ》暖《の》乃《の》 × 白《しろ》尾《お》悠《はるか》

（俳優）　（作家）

「本当に難しかったけど、間違いなく私の転機になった作品です」

主演の内野聖陽さんはじめ、映画・テレビ・演劇界の
実力派俳優と製作陣が集結したドラマ「ゴールドサンセット」。
主要人物の一人である琴音を演じた毎田暖乃さんに、
著者・白尾悠さんがインタビューを敢行しました。

白尾　お久しぶりです。撮影ではお世話になりました。私は『リア王』の舞台のシーンを拝見したのですが、毎田さん演じる琴音が舞台を見つめる表情だけで、彼女の胸に去来した思いが溢れていて、モニターを見ながら泣いてしまいました。

毎田　ありがとうございます。これまでの作品では明るい子だったり、しっかり者だったり、どこか自分に近い役を演じることが多かったのですが、琴音は私自身とはまったく違う環境で生きていて、性格もほとんど真逆のキャラクターだったので、最初は自分と重ね合わせることができず、とても厚い壁を感じました。役作りの段階で不安になるなんて、初めてのことでした。

白尾　琴音は「この世界から消えるべき理由」を数え上げている中学生です。ちょうど琴音の章を書いていた頃、コロナ禍で若者や女性の自殺が増えているというニュースを聞いていて、展開に少なからず影響しました。

大人たちが作ったこの世界はひどく汚くて嘘や悪口で溢れていて、ずっと前から終わってる

毎田　私は毎日が楽しくて、いつも一緒に遊ぶ友達との間では、いじめだったり、死にたくなるといった経験をしたことも、聞いたこともなくて。もしかしたら私が

知らないだけなのかもしれませんが。

役作りのときはいつも、自分が演じる役の環境をできるだけリアルに体感できるように、色々調べたり、話を聞いたり、可能ならその役がすることを実際に体験したりして、見えてきたものをどんどん追いかけていく感じなんです。今回はマネージャーに教えてもらい、いじめで自殺をした子たちの遺書や、その家族たちの心情が書かれたノンフィクションを読みました。死にたいと思う人の気持ち、救えなかった家族の気持ち、そうした生の声を読んで、たくさん想像しました。花が死んでしまったことに琴音がどれほどの衝撃を受けたのか、とか。それが最初の役作りでしたね。

白尾　こうしてお話ししていても、とても明るく前向きで、天真爛漫なお人柄が伝わる毎田さんにとっては、想像するだけでもお辛かったのでは？

毎田　台本と向き合ってそうした想像をすると、自分の心が壊れていきそうになりました。先輩俳優さんたちから、しんどい役をするときにけっこう精神的に来る人がいる、というのは聞いていたんですが……自覚はなかったけれど体が影響を受けていたみたいです。撮影の後半から食欲がなくなってきて、食べると気持ち悪くなったりしました。琴音という役になれていたからこその変化と考えれば、よかったのかなって。撮影が終わった今もすっかり少食になったんですよ（笑）。

主演の内野聖陽さんの背中から様々なことを学んだ。

白尾　そこまで役に入り込んでくださったなんて、光栄で嬉しいと同時に申し訳ないです……そんなふうに役と気持ちまでシンクロするものなのですね。

毎田　その役が本当に思っていることを私も思うように、気持ちを作っていくんです。気持ちが入ることで嘘のない演技になる、と考えています。

白尾　役者としての毎田さんの凄みをひしひしと感じます……。撮影で印象に残っているのはどんなことですか？

毎田　実は今回初めて撮影を止めてしまったんです！　花ちゃんのチャームを阿久津さんに投げつけるシーン。何回やっても泣けなくて、内野さんが（このシーンの）気持ちになるまでいつまでも待つからゆっくりでいいよと言ってくださって、一回母やマネージャーと話して落ち着く時間をもらいました。自分のせいで撮影を止めてるプレッシャーで泣いてしまい、でもなぜ琴音として泣けないのか、自分でもわからなかったんです。わざとではないけれど、心の中でブレーキをかけていたみたいで。役に入りすぎるとどんどんしんどくなって、抜けなくなるのが不安だったのかな……。役と戦うってああいうことなのかなって、今は思います。

ねえなんでそんなになってもまだ生きてるの？
ここにそんな価値ある？

白尾 うかがうだけでも胸が痛いです。どうやって乗り越えたんですか？

毎田 次にもう一度やってまた撮影を止めたら絶対にダメだと思って。母とマネージャーと、時間をかけて気持ちの整理をして、次は一発で、と臨んだらできました。

白尾 かっこいい……！ あそこは小説でも、琴音が初めて自分の外へ向けて感情を爆発させたところです。そうして役に気持ちを重ねていった先が、私が拝見したあの舞台を見つめるシーンへ繋がっていたんですね。

毎田 内野さんのお陰です。内野さんが本当に中身から阿久津さんになっていらしたので、自分も琴音にならなきゃって、引っ張っていただきました。内野さんとは撮影中はあまり話さなかったんです。でも私が挨拶すると、いきなり「誰だお前は！」とか台詞で返されて、私も「上村です」と返事して、二人でへへって笑ったり。そんな突然の台詞練習みたいなやり取りをしてました。

白尾　恐ろしいけど楽しそう（笑）。内野さん演じる阿久津の「リア王」の舞台も迫力があって素晴らしかったですね。衣装も豪華で、あのキャストの皆さんで全編を観たかったです。

毎田　私もです！　目の前で観ていて本当に引き込まれました。内野さんはメイクもすごい大変そうでした。毎回撮影前と後で三時間くらいかかっていたと思います。

白尾　あの舞台のシーンだけでなく、いつもですか？

毎田　そうです。ヘアセットもカツラを付けてそれをまたチリチリにしたり、手にもメイクをして、メイクさんも内野さんもすごいなって。内野さんの方が先に撮影が

「初めてのことが多かった撮影。悩んだし苦しかった。でも、本当に出演できてよかったと思える作品でした」

終わっているのに、私の方が先に帰ることになって、まだ帰れないんだ！　と驚いたり。

なぜ生きて——なんのために苦しんで——どう生きる——？
枠を取り払ったこの世界は、冗談のようにだだっ広い。

白尾　そのほか心に残っているシーンや台詞はありますか？

毎田　安藤玉恵さん演じるお母さんと『三人姉妹』の台詞を読むシーンです。

白尾　小説ではあまり出てこない琴音の母が、脚本では優しく逞しく、人間味溢れる上村和美として、立体的に描かれてましたね。

毎田　安藤さんがすごかったです。本当に娘として見てくれているような。『三人姉妹』もそれまで知らなかったけど、とても深い台詞でした。私、『ゴールドサンセット』でもし他の役をやるとしたら、お母さんを演じてみたいんです。逆視点で、琴音のような娘に対して、どういう接し方で、どういうふうな思いでいるんだろうって。

白尾　そのお歳で母親役を演じたいなんて、やっぱり感受性がとてつもなく豊かなのですね。

お母さん役の安藤玉恵さんとは毎日楽しく会話していた。

毎田　あと心に残っている台詞は、撮影を止めてしまったシーンの「なんでそんなになってもまだ生きてるの？」から始まる台詞ですね。これまでの作品では撮影前に一読して大体の流れを摑むと、演じるときに台詞も自然と出てきて、撮影が終わるとスッと抜けていたんです。でも今回はそうならなくて、今でも結構覚えています。やっぱり自分の中に残っている。私にとって本当の経験になったんだなって思いました。

あの優しい死にたがりの
生きたがり——
勇はしんとした意識の奥で
少女に向き合う。

白尾　本当に光栄なことです。そのほかに印象的な台詞はありますか？

毎田　小説の方だと、阿久津さんが琴音のことを思うモノローグの、「あの優しい死にたがりの生きたがり」です。本当に深くて、この言葉にどれだけの意味が込められてるのか、まだ絶対に理解しきれていないと思います。

白尾　きっと琴音として、頭で理解するようなものではなく、自然と体現されていたのではないでしょうか。常々、死のうと思い詰めるのは、裏返せばそれだけ生きたいと強く願っているからだと考えていて、この言葉になりました。

毎田　この小説を初めて読んだときはまだ小学五年生だったので、知らないこと、経験していないことが多すぎて、まるで未知の世界のことを読んでいるようでした。でもいろんな人の視点が見られて、いろんな人生が書かれているから、それが面白いし、深い作品だ

撮影現場も訪問し、毎田さんの演技を見た著者は「涙が出た」

と思いました。もっと大人になったとき、例えば二十歳になったときにまた『ゴールドサンセット』を読んでみようと思います。今はまだ気付かないことに気付けるかもしれないし、阿久津さんの気持ちも、もっと理解できるかもしれない。

　琴音を演じるのは本当に難しかったけれど、このドラマのお陰で自分の中になかった気持ちを心の中にたくさん増やせました。胸が痛くなったり、心温まったり、色々なものを感じさせてくれて。自分とは違う生活環境や他人の心も、これまで知らなかったときより、世界が広がったと思います。ドラマも小説も『ゴールドサンセット』は今までで一番、世界の広さや深さを感じた作品でした。

白尾　そんなふうに言っていただき、胸がいっぱいです。本日はありがとうございました。

見ろ、死の瞬間まで
生きている俺を。
見ろ、この生を
生き切る俺を。

毎田暖乃　まいだ のの

2011年大阪府生まれ。連続テレビ小説『スカーレット』でデビュー。その演技力には定評があり、以降、数多くの作品に出演。代表作には『おちょやん』、『妻、小学生になる』、『虎に翼』など。

本書のプロフィール

本書は、二〇二二年四月に単行本として小学館より刊行された同名小説作品に加筆・改稿し、文庫化したものです。

本作品はフィクションであり、登場する人物・団体等は実在するものとは一切関係ありません。

本作品には、現在の倫理観や人権感覚から見れば、不適切と思われる表現がありますが、過去にはそのような差別的発言が日常にあったことを描くためのものであり、著者に差別的意図はありません。

小学館文庫

ゴールドサンセット

著者　白尾《しらお》　悠《はるか》

二〇二五年一月十二日　初版第一刷発行

発行人　石川和男
発行所　株式会社　小学館
〒一〇一-八〇〇一
東京都千代田区一ツ橋二-三-一
電話　編集〇三-三二三〇-五八二七
販売〇三-五二八一-三五五五
印刷所――大日本印刷株式会社

ISBN978-4-09-407421-5